你是我今生最美的修行

自传体散文

白落梅 作品

湖南文艺出版社
HUNAN LITERATURE AND ART PUBLISHING HOUSE

博集天卷
CS-BOOKY

图书在版编目（CIP）数据

你是我今生最美的修行 / 白落梅著. -- 长沙：湖
南文艺出版社，2019.7
ISBN 978-7-5404-9235-9

Ⅰ.①你… Ⅱ.①白… Ⅲ.①散文集－中国－当代
Ⅳ.①I267

中国版本图书馆CIP数据核字（2019）第083156号

上架建议：畅销书·文学

NI SHI WO JINSHENG ZUI MEI DE XIUXING
你是我今生最美的修行

作　　者：白落梅
出 版 人：曾赛丰
责任编辑：薛　健　刘诗哲
监　　制：于向勇　秦　青
策划编辑：刘　毅
特约编辑：王莉芳
营销编辑：刘晓晨　刘　迪　初　晨
封面设计：仙　境
版式设计：李　洁
出版发行：湖南文艺出版社
　　　　　（长沙市雨花区东二环一段508号　邮编：410014）
网　　址：www.hnwy.net
印　　刷：北京天宇万达印刷有限公司
经　　销：新华书店
开　　本：875mm×1270mm　1/32
字　　数：175千字
印　　张：8.75
版　　次：2019年7月第1版
印　　次：2019年7月第1次印刷
书　　号：ISBN 978-7-5404-9235-9
定　　价：58.00元

若有质量问题，请致电质量监督电话：010-59096394
团购电话：010-59320018

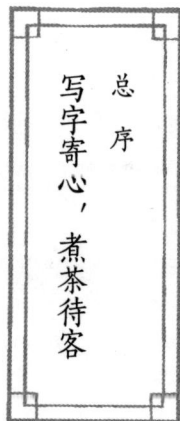

魏晋之风的琴曲，空灵中有一种疏朗，又有几分哀怨，如夕口窗外的细雨，清澄而寒冷，直抵窗前，落于柔软的心中。

这样的雨日，须隔离了行客，掩门清修，亦不要有知心人。一个人，于静室内，焚一炉香，沏一壶茶，消减杂念。

《维摩诘经》云："一切法生灭不住，如幻如电，诸法不相待，乃至一念不住；诸法皆妄见，如梦如焰，如水中月，如镜中像，以妄想生。"

佛只是教人放下，不生妄想执念。却不知，世间烦恼恰若江南绵密的雨，滴落不止。该是有多少修为，方能无视成败劫毁，看淡荣辱悲喜。那些潇洒之言、空空之语，也不过是历经沧桑之后，转而生出的静意，不必羡慕。

我读唐诗觉旷逸，读宋词觉清扬，看众生于世上各有风采。诗词的美妙，如丝竹之音，又如高山江河，温润流转，有慷慨之势，让人与世相忘，草木瓦砾也是言语，亭阁飞檐也见韵致。

想来这一切皆因有情，如同看一出戏，本是茶余饭后消遣之事，可台下的人，入戏太深，竟个个流泪。然世事人情薄浅如尘，擦去便没了痕迹。他们宁愿在别人的故事里，真实地感动，于自己的岁月中，虚幻地活着。

佛经里说缘起缘灭，荒了情意，让人无求无争。诗词里说白首不离，移了心性，令人可生可死。那么多词句，虽是草草写就，却终究百转千回，似秋霜浓雾，迟迟不散。

翻读当年的文字，如墙角未曾绽放的兰芽，似柴门欲开的梅蕊。那般青涩，不经风尘世味，但始终保持一种新意。远观很美，近赏则有雕琢之痕，不够清澈简净。

　　后来，才学会删繁就简，去浓存淡。知世事山河，不必物物正经，亦难以至善至美。好花不可赏遍，文字不能诉尽，而情意也不可用尽。日子水远山长，自是晴雨交织，苦乐相随。若遇有缘人，樵夫可为友，村妇可作朋，无须刻意安排，但得自然清趣。

　　琴音瑟瑟，一声声，似在拨弄心弦。几千年前，伯牙奏曲，那弦琴该是触动了钟子期的心，故而有高山流水觅知音的可贵。而文字之妙意，与弦音相同，都是一段心事，几多风景，等候相逢，期待相知。

　　柳永有词："风流事、平生畅。青春都一饷。忍把浮名，换了浅斟低唱。"他的词，贵在情真，妙在那种落拓之后的洒脱。世上名利功贵纵有千般好，也只是浮烟，你执着即已败了。又或许，人生要从浮沉起落里走出来，才能真的清醒，从容放下。

　　都说写者有情，读者亦有心。不同之人，历不同的世情，即使读相同的文字，也有不同的感触。有些人，一两句就读到心里去了；有些人，万语千言，亦打动不了其心。

　　也许，那时的我，恰好与此时的你，心意相通。也许，这时的你，凑巧与彼时的我，灵魂相知。也许，你我缘深，可同看花开花落。也许，你我缘薄，此一生都不会有任何交集。

　　人间万事，都有机缘。我愿一生清好，在珠帘风影下写几行小字寄心，于廊下堂前煮一壶闲茶待客，不去伤害生灵，也不纠缠于情感，无论晴天雨日，都一样心境，悲还有喜，散还有聚。

　　当下我拥有的，是清福，还是忧患，亦不去在意，不过是凡人的日子，真实则安好。此生最怕的，是如社燕那般飘荡，行踪难定。唯盼人世深稳，日闲月静，任外面的世界风云变幻，终将是地老天荒。

　　过日子原该是糊涂的，如此才没有惆怅和遗憾。天下大事，风流人物，乃至王朝的更迭，哪一件不是糊涂地过去？连同光阴时令，山川草木，也不必恩怨分明。糊涂让人另有一种明净豁然，凡事不肯再去相争，纵岁月流淌，仍是静静的，安定不惊。

　　流年似水，又怎么会一直是三月桃花，韶华胜极？几番峰回路转，今时的我，已是初夏的新荷，或是清秋兰草，心事与从前自是两样。所幸，我始终不曾风华绝代，依旧是谦卑平淡之人。

　　女子的端正柔顺、通达清丽，让人敬重爱惜。我愿文字落凡尘，亦有一种简约的觉醒，不去感怀太多的世态炎凉。愿人如花草，无论身处何境，都不悲惋哀叹。人世不过经几次风浪，寻常的日子，到底质朴清淡，无碍无忧。

人生得意，盛极一时，所期的还是现世的清静安稳。想当年，母亲亦为佳人，村落里的好山好水，皆不及她的清丽风致；如今却像一株草木，凋落枯萎，又似西风下的那缕斜阳，禁不起消磨。

看尽了人间风景，不知光阴能值几何，如今却晓得珍惜。山上的浮名华贵，纵得到，有一天也要归还，莫如少费些心思。不管经多少动乱，我笔下的文字，乃至世事山河，始终如雪后春阳，简洁安然，寂然无声。

光影洒落，袅袅的茶烟，是山川草木的神韵。我坐于闲窗下，翻读经年的旧文辞章，低眉浅笑，几许清婉，十分安详。

白落梅

目 录

卷一◎且以温柔侍此生

—你是我今生—最美的修行—

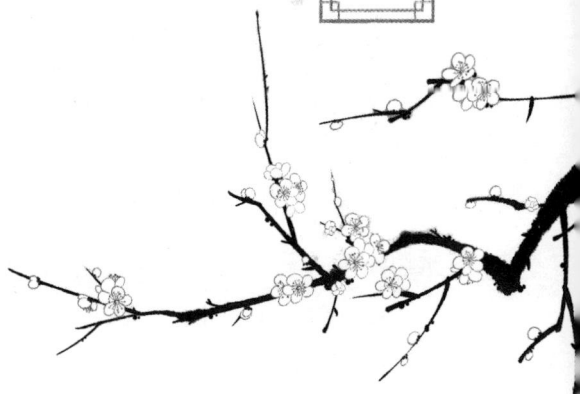

隐居江南

我想隐居江南，有山有水，还有一树一树的梅。

我想隐居江南，种满院的花，煮一壶新茶，闻它的香，不喝。

我想隐居江南，和一个年华正好的人相爱。然后，再一起将光阴虚度。

我想晨起和你漫步，盛几碗荷露，在小舟上品茗。茶只记得我们相聚，忘记别离。

我想和你听午后长廊的风，徐徐缓缓，像三千年前诗经里盛夏的莲开。

我想和你看月亮，苍茫寥廓的银河，漫天的星子，一个是你，一个是我。

我想隐居江南，和赏心悦目的你，于桌案书写。看铜炉的烟，吹去窗外，和庭前的云，相约白头。

我在江南，和你等一场烟雨，油纸伞下，有我们爱过也辜负过的时光。

我在江南，只为等你。

我的前世是一株梅，开在驿外断桥、冷落河山，又或者庭院篱畔、寒窗雪夜。不对景伤离别，更不惧岁序更迭，虽冷傲无心，却仍爱人世红尘，愿结三生情缘。

后来，我真的成了一株梅，开在江南古老的园林，风雅而飘逸，冷艳亦清绝。你踏着絮雪，走在早春的路上，曼妙多姿，对我莞尔一笑，倾城绝代。

多少人采折一枝，只为了寄去遥远的天涯。今日我在你的窗纱下，明日又不知落入谁家。而我只想，在属于自己的院落里，安静生长，荣枯随缘。

烟雨中的黛瓦白墙，最有江南情态，仿佛锁住江南的灵，美得惊心亦伤神。我便是从那烟雨长巷走出来的女子，带着江南的风景，江南的温丽，江南的柔美。

半庭风月，一帘心事，就这样住进梦的山庄。满园的梅，是我的魂，微风拂过，似雪纷落。小院深锁，世间纷扰皆关在门外，洒扫庭除，煮一壶香茗，相坐对饮。一盏茶的光阴，抵却碌碌凡尘一生一世。

旧时居住在江南古老村落，聚散有序的马头墙，似画中景致。悠长的巷陌，光洁而湿润，雨雾中，看不见人世悠悠风景。当年，我撑着油纸伞走出小巷，找寻尘世最美的归宿，竟不知，被迫接受命运的迁徙。

如今魂牵梦萦的，是那回不去的故地，看不到的，是那些无法捡拾的故景，还有遗忘在悠悠山径的故人。有些人把一生的故事留在那个炊烟袅袅的村庄，有些人携一身烟雨走失在陌上红尘。

此刻，我端坐在江南小楼，守着一片小小风景，煮茶赏雨。盘一个简约发髻，斜插一支白玉簪。素净的旗袍，与丹唇遥相呼应。回眸，转身。疑似华丽的人生，只是错误的开始。

我所想的，所要的，亦不过如此。草木相伴，清茶一壶，和喜爱的人，朝暮相对。素日里无须太多柔情蜜意，有时候，只一个温暖的眼神、一个洁净的微笑，便足矣。

倘若此生像外婆那般，居住在乡村小院，是否亦会和邻村的某个年轻男子缔结良缘，用一世的光阴，守着老旧的庭院，相夫教子，看着年华慢慢老去，岁月不惊？不见世间三千繁华，亦不解铭心刻骨的爱恋，又是否会生出几许遗憾？

那时的我，不过是一株乡间老梅，简衣素食，朴素修行。日子如水，无须为谁华丽装点，亦不必为谁更改波澜。天地苍茫，往来匆匆者，皆是过客。唯有深深庭院里的那一剪月光，始终不曾更改，花落时它仿佛缺了，花开时它又圆了。

梦里的江南，还是那般模样，迷蒙美丽，湿润多情。何其有幸！今生得以守着这片温软山水，闲情度日。尽管丢失了村庄里一些古朴的细节，却寻得一缕静谧的茶雾；也许失去了一些平凡简单的幸福，却拥有了人世最美丽的遇见。

和喜爱的人隐居江南，不求地老天荒，只争一朝一夕。在烟雨旧窗下，煮一壶茶，安静对饮，忘记岁月的悲伤。无论彼此容颜如何老去，内心永远澄净安宁，清雅如梅。不管下一世在人间会不会相遇，亦要珍爱这一段虚度了亦辜负过的时光。

人生原该无悔，可一路行来，竟有太多的悔意、太多的不舍。爱过的人、发生过的事，不能假装不存在。不敢轻易怀想往事，是害怕还有未了的承诺不曾兑现。害怕愧对故人，背叛不复重来的青春。

早过了情感泛滥的年纪，亦知此生得遇一有情人，当惜之爱之。愿将一生情爱、几世缘分皆付与一盏清茗，从此素简无扰，红尘相安。纵有一日造化弄人，相爱终不能相守，亦要天涯珍重，温柔度岁。

匆匆人世，不过百年，我们亦只是时光缝隙里遗落的细碎美丽，转瞬成尘。不求在最美的年华遇见最好的人，只愿在有生之年得以相逢，择一城终老。在植满草木的庭院，漫煮闲茶，相看一生。

时值清秋，淡淡凉风一如似水年华，似曾远去，又仿若还在昨天。轻烟小巷，流水白墙，古朴的旧物，如同简约的世事，清白洁净。唯有江南给得起这样柔软的风景、美好的情怀，亦只有江南可以让人这样甘愿忘记繁华，静守平淡。

不该相遇，不能生情，说的都是赌气的话。若此生不遇那个深入灵魂的人，无法与之交集，该有多少填不满的缺憾。过往的人事，被匆匆扫落尘埃，再无往来。守着一个人、一颗心，如此多好。

有一种爱，到了境界便再也不必盟誓，亦无须约定，自是安然携手，白首不离。生生世世的情缘，只托付给一人，此后不再纠缠于情爱。纵有万般劫数，亦彼此依偎相伴，终不惧流光消磨。

愿今生可以将自己妥善安排，不再尘海飘零；愿河山静美，永不分离；愿执子之手，梦老江南。

落梅山庄

　　落叶空山，年华向晚。梅庄静坐，焚香品茗，日子看似是一种简单的重复，可窗外之景分明随着光阴变幻，深浓有序。流光寂寂，当真是无茶不欢，无茶不静。如今只觉，女子的大志，当是做个简静之人，安于厅堂廊下，不奔走于世，朴素静好。

　　我自是有慧根的女子，内心通透明净，却又不知是清醒得太早，还是了悟得太迟。佛说，净心守志，可会至道。譬如磨镜，垢去明存。断欲无求，当得宿命。到底入世不深，又少与人相交，不问外界风云，只愿在万紫千红的人间往来，依旧梅花之身。

也算是十年漂泊，浪迹萍踪，走过繁城高楼闹市，行经小镇石桥长巷，多番心生倦意。时刻想放下行囊，做个寻常的街坊小户人家女子，无有不好。人生本无所依从，无所寄托，我亦不要怀古，不要思今，就这般清淡自持。看晓风晨露，炊烟暮霭，福祸悲欣，荣华清苦，皆不着于身。

总有人问起，落梅山庄究竟隐于何处？深藏哪里？是太湖畔，烟波浩渺之境，还是梅园边，清雅幽绝之所？是空谷山林，简约的竹篱茅舍，还是大观园里，化柳繁华地？是安静古镇，那一扇木窗下的等待，还是喧嚣闹市，那一处绿芜深处的相逢？

落梅山庄，的确真实地存在，它是江南一处安逸之所，有溪桥杨柳，翠竹梅花，带着江南的温丽，江南的婉约。它简洁优雅，古朴天然，不受世事侵扰，不与凡尘相争。它是我清淡人生的栖居之地，是我在烟火红尘的修行道场。我非隐士高人，亦非佛前芥子，不过是喜好简约的生活，向往宁和的日子。

我曾说，我居之所，皆是梅庄；我爱之物，皆为静美。梅庄小院，一石一景，皆是天然；一草一木，皆有性灵。绿藤爬满了墙院，闲云游走于窗台，茶香弥漫于雅室，琴音流淌在庄园。这里的门常年落锁，无有生人打扰，这里的主人不是避世，她不爱纷繁爱清寂，不慕华丽好简约。

梅庄的主人静若莲花，安然于世，从容不惊。我亦只是闲淡之人，寻常之姿，素日临案写字，隔帘听雨，打理花草，品茶赏玉。梅庄之物，朴素有情，与梅相关，借梅寄怀。我亦非爱梅成痴，只是恰好结下了一段缘分，做了今生花草知己。

我生性好洁，喜淡色，尤爱白。白落梅只是年少时无意所取的笔名，不承想，竟伴我流年经世，山长水远，又将从此与我执手相依，地老天荒。世事安排，皆有前因。我虽不算是长情之人，但幼时心意，不改不减，故有了这"落梅风骨，秋水文章"。

平日里，一袭白衣胜雪，清丽素颜，无大喜大悲之念，亦无大彻大悟之心。或于茶房，或于书斋，或立于花前，或坐于蒲团，烹茶温酒，煮字疗饥，和草木对话，听佛祖说禅。自古多少才子佳人，隐于世外林泉，寄情于山水之间，徜徉于时光之外。那些昔日风流，过往佳话，我都不在意，亦和我不相关。

陌上花开，众生往来，春风桃柳各有情愫，白雪红梅自有主张。我从不询问它们的来处，亦不打听它们的消息，只守着安稳现世，洁身自好，达观贞静。真正有修为之人，不避纷繁世态，不惧光阴消磨，无意岁月短长，只愿在最美的年华里，遇见最合适的人，做最幸福的事。

我岂会不知人间何处不红尘？岂不知桃源仙境亦为世俗人家？而浮世也有清流幽涧，也可坐禅修行。佛云，心净则国土净，心安则众生安，心平则天下平。世情如镜，照影照心，有时觉得自己是个雅客，有时又甘愿做个凡人，纵入俗流，终不落无常之感。

我闲居梅庄，清简度日，翻书品茶，烛花剪梦。我亦不过是千万人之中的一人，万物无私，众生平等，我无过人之处，应携淡泊之心。文者寂寞，我又是幸运之人，清淡文辞，兰草心事，被万人所爱，又被万人所弃。若懂得是一种慈悲，我自当感恩，若猜嫌是一种冷漠，我亦作洒然。

也许因幼时居住在清末老宅，梦里梦外念念不忘那黛瓦白墙、庭院月光，以及小巷悠悠的风景。如若可以，我便归去，重修断壁残垣，收拾故园荒草，看燕子筑巢于檐下，看炊烟袅袅于庭前。仍旧是梅庄，处红尘宛若山林世外，不惊动百姓人家。

晋代陶渊明《归去来兮辞》有写"云无心以出岫，鸟倦飞而知还"，我非倦鸟，但因内心的情结，想来此生无论被放逐于何处，都是归宿，都觉安定。我喜爱的人间风光，是蜿蜒山路，长亭短亭，是漫漫行人，花间晚照。

又或者寻得一托付终身之人，与之隐于深山，竹屋茅舍，朝夕相伴。移栽先秦的兰草、晋时的霜菊、南北朝的莲荷、唐代的牡丹、宋朝的梅花，取明代的小壶，盛接清朝的春雨，煮民国的普洱，就这样一生一世一双人，半梦半醒半浮生。

人世迢迢，浮烟弥漫，唯梅庄风日闲静，落花无言。世上多少荣华，万千故事，在这里都可舍弃，都是多余。张爱玲曾说："现代的东西纵有千般不是，它到底是我们的，与我们亲。"也是，悠悠红尘，好山好水，相守相乐，自当欢喜。一旦缘尽，亦可从容转身，不生惆怅哀怨。

我与万物可亲也可疏，可聚也可散。倘若命运安排，我终落尘网，亦无所惧，自有闲茶为良友，梅花是故知。若是远避世外，离群索居，我亦不会落魄彷徨，当淡定心弦，逍遥山水。南齐苏小小曾说："生于西泠，死于西泠，埋骨于西泠，庶不负我苏小小山水之癖。"

她自是得偿所愿，葬于西湖的山水之间，不负她一段痴心。而我他年埋骨于梅花树下，又有何难？漫漫山河，何地都可寄身，何处皆可埋骨。自古良相贤臣，无论埋骨于何地，与寻常百姓亦同是一个朝代，同是一片黄土，无有贵贱之分。

"幽僻处可有人行，点苍苔白露泠泠。"心思简净，连庭院的落叶都静美无言。世间之物，但凡好的，皆有一种禅境。我于梅庄修行坐禅，陶然忘机，不问江山谁做主，任凭光阴来往如梭，守着几树行将开放的梅花，一世情长。

且以温柔待此生

晨起，阳光洒在窗前，没有树荫的遮蔽，亦不觉有分量，却又这样轻柔温和。冬阳静美，让人心思也随之简洁，多少繁忙的故事，被虚掩在门外，唯留当下一片澄澈。炉火中沸腾的茶水发出动人的声响，仓促的时光竟也慢了下来。

人世安定，年华虽渐去渐远渐无声，但也不生愁念，日子一如往昔，用陶瓷养花，碗盏吃茶。戴我喜欢的珠玉，我用时光和真心待之，它们则还我以温润和剔透。后来，它们亦感染了我的气息、我的灵性，甚至有着我的味道，以及留藏着我数载修行的果报。

　　我当真是喜爱南方的风物，比如某个旧宅的一角飞檐，某座院墙外的一树青藤，悠悠长巷的一地烟雨，或是庭院深处的一扇雕花古窗，以及那些沉淀了文化底蕴的秀水明山，微风中那低头的一抹温柔，石桥柳下的匆匆擦肩，乌篷船卜的刹那相逢。这一切物象都让人心动不已，让人为之魂牵梦萦。

　　我是生于南方的女子，被江南柔软的山水浸染得温润有情。自小虽长在山野村落，母亲却一直教我端然，言行间不敢有太多的张扬，嬉戏之处，也只是戏台旧院，廊前小巷。除了采莲捞萍，打柴拔笋，也无更多的趣事。

　　外婆的日常行事，更教会我贞静善良。她的世界狭小却明亮，无非是厅堂厨下，前庭后院，就连村头的池畔、后山的竹林，她都很少涉足。直到今时，我依旧羡慕她的一生，虽历几度江山动荡，却无须背井离乡，纵是逃荒避灾，也不落魄悲凉。

　　身为富家小姐，她自是丰衣足食，于深宅大院里，安然静处。后做寻常妇人，也把柴米油盐的日子过得有滋有味。她的人生一如她种养的花草、织补的衣衫、打理的橱柜，简净深远，不争不扰。虽平淡朴素，却深情无憾，悠长的一世，就那样被她漫不经心地走过，是欢喜，也庄严。

外婆曾说过一句让我感动的话。她说或许是喜欢一个人，连她的衣服都觉得珍贵。我年少时穿过一件红衫，一直被外婆留存着，每逢天凉，她便取出来，披盖于身，感受我的气息和温度。她以此种方式，想念远方的我，而我也从没忘记，她所给予我的关爱和温柔。

外婆和母亲都不知道，那个少不更事的乡野女孩，是如何走出这座深山村落，寻找自由和梦想的；更不知这些年我跋涉了多少山水，经历了几多世事，又遭遇了多少苦难。然我视种种过程为烟云，一切过往皆忽略不计，虽历风雨沧桑，内心始终柔软澄澈。

当年，我独自背着行囊来到梦里江南，便再也没有离开。我在这座有梅花的城市，一住就是十载，十年前我默默无闻，十年后我依旧躲在深巷人不识。我天生喜静不喜闹，就这般理所当然地成了隐世才女，居江南，与梅花做了知己，和文字相守相依。

岁月可以更改的只是容颜，让我缓慢地老去，而心却愈发地明澈干净，不染纤尘。我便是这样的女子，宛若外婆庭院里的那株茉莉，无论经历多少世情，还是那颗初心。十年如一日，仿佛一切都没有改变，我今时所得到的一切，也不过是昨日种下的前因。

十年风尘，十年踪迹，十年故事，于我是一朝一夕的日子，于别人不过是几场花开，几度叶落。我所途经的风景，遇见的故事，都成了诗料，落于文中，与尘世的你们相看相望。看似忧伤，实则明净温婉，一草一木都有灵，一词一句都有情。

偶然看见读者说的话，心存暖意，只觉人世美好温柔。她说："世间有一位女子，见字如面，她便是白落梅。"其实我也只是芸芸众生里平凡渺小的一个女子，孤单地行走，幸而有你们，方能与这个世界如此相亲。虽说闲隐梅庄，离群索居，可一直用文字寄寓情怀，诉说心语。

情不知所起，一往而深。在这凉薄的世间，万物众生实则有情，只是难以在恰好的时候，遇见恰好的人。故会生出许多莫名的烦扰，留下不可弥补的遗憾，多少人不曾相爱，就已擦肩。后来，那些远去的情事，像一场时过境迁的旧梦，连回忆都是感伤的，却又让人沉落其间，不愿醒转。

人生恰如那场姹紫嫣红的花开，相逢执手，转身离开，以后荣枯生死，再无相关。如此也好，静守低调的岁月，不再为情所

困，又或者将爱深藏于心间，足以慰藉余生寥落。我知道，此生
无论我去往何处，隐于何方，始终会有一个人，那么一个人，将
我牵挂，并且温柔地怀想一生一世。

我为落梅，虽离枝无依，但终有一个角落，将我收藏，免我
四海流离。本以为到了这年岁，再无愁惧，与清淡的光阴缓慢同
行，可内心深处还有不可释怀解意之事，尚有不能割舍离弃之
人。既知生命仓促得如一场幻觉，多少日子已被虚度，却仍旧无
法妥善安排明天。

我知道，终有一天，我还是会离开这繁芜又深情的闹市，隔
绝此间烟火。找一处清幽之所，和喜爱的人一起，每日喝茶养
花，再无别事。那时，连灵魂都是清澈美好的，不问余生几何，
不理江山变迁。无名利交织，无哀怨离愁，无成败得失，不过日
夜交替，春秋往来，只是寻常的两个人，寻常的日子。

世间万物，都在以不同方式修行，为的亦只是做真实快乐的
自己。不迷于世情，不受制于物欲，无碍无牵，无取无舍，心静
则安。行文者，当淡泊名利，有宽厚襟怀，容纳百态世相。亦当
有一颗悲悯的心，对众生温柔相待，不负流年，不欺草木，更不
忘初衷。

有人说："如今天下，只有一个梅庄主。林和靖之后，唯江南白落梅，最与梅花相得，余者皆不及也。"我亦只是将人间芳菲看尽，居于小小梅庄，过着日闲风静的生活，怎及得和靖先生，隐于西湖，结庐孤山，植梅养鹤那般高洁出尘，闲淡清远！

空山人去远，回首落梅花。我与梅花，是这样亲和，毫无虚意。一树花雨，静静洒落，不惊动人世，不牵惹哀愁。人生聚散，贫富自有天意，我亦无须多思，讨简单称心的日子。雪夜梅开，雨后新阳，物物皆好，都有情义。

愿我，从此只生欢喜不生愁。当知无有岁月可回首，且以温柔待此生。

山河岁月

　　午后的阳光透过旧色窗扉，落于桌案，闲逸清远，只一个瞬间，光阴好似流淌了悠悠千年。案几上，新采的桂子安于瓶内，花枝微微倾斜，道不尽的妩媚风流。茶雾氤氲，伴随着婉转低回的琴曲，让人心生安静。江南的秋，总是这般清淡无言，一草一叶，一静一动，皆带着禅意。

　　我该是修炼多少年，今世方能得女身。做个端庄女子，不施粉黛，落落娴雅，亦明净出尘。山河动荡，人生种种变故，我亦不敢气恼，平和相待。落梅如雪，好似天女散花，世间万般物象，连同忧患苦难，皆不着于身。

　　我不参佛，喜爱山水草木，却又极少远行。一个人守着小窗风景，屋内安放的静物，搁置得恰到好处。流光美到江山都惊，而我只想荒芜在江南，在无涯的时间里，虚度一生。把所有的情怀倾付于一盏闲茶，又或者交付于一个爱人。

　　人世风景万千，于我虽无多少诱惑，我却存敬畏之心。一株草木，一粒粉尘，乃至一只蝼蚁，亦觉有千钧之重。与它们相对，内心柔软平和，犹如参佛，亦如读一部经卷。自古江山美人为人间秀丽风光，而我则是那静雅女子，在安稳现世修身养性，顾盼飞扬。

　　细想人生匆匆三十余载，多风多雨，多愁多思。看似安于一座城，内心世界实则飘零无依，晓行暮宿，长亭古道，亦算是千帆过尽。到如今，我是那落花人物，秋水清颜，虽韶华远去，却不减旧时风姿。

　　一个人独处，时而觉得光阴静美，洒落的尘埃亦宁静安逸；时而觉得人生凄凉如梦，许多事还未来得及好好去做就已经老了。说不惧风雨消磨，都是诓人的话，再风华绝代的女子，也抵不过岁月相催。只是容颜老去之时，是否还会有那么一个人，伴你冷暖，爱你如昔。

这世间有一种人，时光亦对其敬重。外婆在我心中便是这样的人，其人如金似玉，其心端然良善。她此一生，虽饱受沧桑劫数，却永远那样平静欢喜。外婆与外公皆是经历过乱世风云的人，却以高寿安居于村庄，平淡到老。

苔藓斑驳的小院，旧色老宅，煤油灯下，外公坐于八仙桌前饮酒。他贤惠的妻早已备好几碟下酒小菜，有时亦斟一盏酒相陪，说一些家常话，外公亦讲一些典故，他们虽上了岁数，却依旧如少年夫妻那般恩爱。这就是中国民间寻常的夫妻，让人敬重亦喜爱。

外婆就这样陪了外公一辈子，在一个叫竹源的小乡村，粗茶淡饭，酒香做伴。那时的村庄山水明秀，一栋栋古朴的徽式老宅，尚有明清遗韵。外面世界的纷纭动荡、离合故事仿佛与这里无关。尽管他们同样经历着生老病死，却到底有一份人世的静谧与亲和。

那些个宁静的夜晚，外公坐于案前点烛读书，外婆则坐于一侧穿针引线。偶然抬眉对视，彼此微笑，檐角的风即是言语。茶雾月色，他们安详如画中之人物，不曾有悲，亦不曾有喜。短短一炷香的光阴，恍若过了一生一世。

　　她是那春日华枝的如花美眷，他是那厅堂长廊的一缕清风。世事山河，总是跌宕起伏，让人心生不安。云中岁月，迤逦人家，盛世里亦会有败落子弟，乱世里亦是紫气红尘。他们守着寒舍小院，安享人世的吉祥稳妥。

　　我一生爱风花雪月，诗酒琴茶，样样离不得。世间荣华名利，我亦爱，只是不藏于心，亦不动于情。无论有过怎样的遭遇，纵是时光荒芜，亦不能动摇我对人世的信念。世间忧患与劫数，只当作身外之物，心若不动，如何能伤？

　　人间风光那般现成，四季冷暖，花开花落，看似尘俗之事，却有旷远之思。如今忆起旧时村庄，只觉景好，人好，物亦好。岁序无声，匆匆数十载，多少往事恍若前生，却又历历在目。删减不去的记忆，割舍不断的情感，留不住的，是转瞬即逝的年华。

　　若每个女子都是花神，我当是三生石畔的那株梅花，冷月霜雪，那年不知谁曾浇灌，今世又该用眼泪还谁。自古梅花多傲骨，而我又谦逊有礼，凡事不敢放纵，亦不敢做尽。明知世间一切终必成空，却到底不能从容自在。

漫漫红尘，看似遥遥无际，实则只是几度月圆月缺。多少深刻的事，以为用一生的光阴参不透，到最后，竟是那般简洁明了。岁月原本没有太多的波澜，是心的涟漪拨弄了命运的琴弦，牵惹出无端的悲伤。

打点行装，回归故里，窗外下起了秋雨，不尽的缠绵悱恻。数十载的飘零辗转，本该无有沧桑浮沉，亦无离合悲欢，却总不能处之淡然。岁月的阴晴聚散，草木的遇合荣枯，让我对茫然人世无端生出太多的牵挂与不舍。

听一场清冽的秋雨，煮一壶经年的老茶，将一段寂寞的心事，寄去苍茫的天涯。长长的一辈子，为什么赏心悦目的是时光小径的落花，刹那惊鸿的是擦肩而过的年华？

其实我要的并不多，雨后青石路上的一地苔藓，冬日阳光下的一院花墙，月色旧窗下的几缕竹风。而这简约的心事，清淡的念想，于俗世却要过尽万水千山方能寻得。我愿用此生所有的修行，换取一杯茶的闲逸，一株草的慈悲，一个人的真心。

人的一生，何其短暂，纵然外婆以九十多岁的高龄于红尘经世，亦不过是山河画卷里微不足道的一笔淡墨。近几年，时常听到母亲感叹美人迟暮，那眼目流露的悲凉，令人心痛难当。

倘若此生只安于小小村庄，看不到繁华世态，是否可以免去些聚离悲喜。到底要历经多少劫数，才可以修得一颗入世不惊的心，来往于摩肩接踵的人流中，不沾粉尘？

美景良辰，春花秋月，每一寸光阴皆是自己经历。岁月并不曾偷走过什么，倘若有任何遗失的片断，皆是自己弄丢的。粉墙黛瓦，净水空山，一切如初时那般美好，一切都没有改变。你还是你，我亦还是我。

花落不沾衣

庭院冬意深浓，溪水声喧，阳光透过素净窗棂，轻描淡写地落在案几上，闪烁迷离。于我眼中，一草一木，一水一尘，一茶一杯，都成了风景，都可做诗料。

《菜根谭》有云："千载奇逢，无如好书良友；一生清福，只在碗茗炉烟。"如今，我是日子清闲，有花有茶。本为庸常之姿，却因这份闲淡而端正秀丽，安静婉约。过往多少不尽如人意之事，皆已忘记，内心平和安定，人世亦不再飘忽。

室内的秋菊含蓄静美，又恣意风情，像一首首江南小令，婉兮清扬，自然端雅。以往只觉宋词小情小调，不够旷达清醒，像是瓶花，寄人幽思，却只适宜静养。可我偏爱这些简单的风物，细腻多情，一朵花开的瞬间，一粒粉尘的飘浮，都会轻轻触动内心柔软的地方。

世间唯花草不负一片情深，纵是残山剩水，枯草衰杨，亦有风致，亦知情意。我看似与花草相知相惜，却不肯花落沾衣，不愿轻易闯入它们的世界，和它们生死与共。只做那散淡的看花人，陶然忘机，花开花谢由心，聚散来去随缘。

都道黛玉孤高傲世，目无下尘，素日里不喜与人来往，于潇湘馆、闲苔院落，安静自处。人说她天性喜散不喜聚，她言，人有聚就有散，聚时欢喜，到散时岂不冷清？冷清则伤感，倒是不聚的好。比如花开时令人爱慕，花谢时则增惆怅，所以倒是不开的好。

也是，花开时群芳争艳，不尽欢欣，花谢时万种悲伤，又该如何消散？黛玉看似清冷无心，可她分明是大观园最多情的才女，一生与诗文做伴，亦和草木知交。她多痴，担着花锄，挂着花囊，拿着花帚，只为收拾那一地花魂艳骨，怕它们随水漂流，到了浊物之地，误了此生。

她吟咏葬花词：未若锦囊收艳骨，一抔净土掩风流。质本洁来还洁去，强于污淖陷渠沟。尔今死去侬收葬，未卜侬身何日丧？侬今葬花人笑痴，他年葬侬知是谁？试看春残花渐落，便是红颜老死时。一朝春尽红颜老，花落人亡两不知！

她愿一生清洁，不落泥淖，空掩重门，远离世事。她幽居馆内，冷月清灯，又到底不够冷淡。丫鬟佳蕙送茶叶给黛玉时，正巧老太太那边送钱来，黛玉给丫头们分钱，便抓了两把给佳蕙。宝钗雨夜差蘅芜院的一个婆子给黛玉送燕窝，黛玉命人给她几百钱，只道打些酒吃，避避雨气。

潇湘妃子冰雪聪明，她知人情凉薄，加之素日体弱多病，连她喜爱的诗会都尚且有缺席之时，又何来心神与众人牵缠？她唯有守着潇湘馆的翠竹，如仙人般与世无争，方可避乱。但最后，一颗素心终抵不过风刀霜剑的相逼，落得香消玉殒、花败人亡的境地。

寿怡红群芳开夜宴，宝钗占花名，抽的是一支牡丹花签，写的一句诗：任是无情也动人。于大观园，她不关己事不开口，一问摇头三不知。她世事洞明，却始终沉着冷静。她无须假装优雅清高，她本富家千金，艳冠群芳，才华气度皆不落于人，为人处世更是谨言慎行。

平日里，她不与丫鬟玩笑打闹，举止端庄大气。她服冷香丸，素净天然，不喜化儿粉儿。她家财万贯，却居雪洞一样的屋子，不爱玩器摆设，拒绝一切装饰。她的蘅芜院亦是清静无尘，胜似修行道场。

宝钗就是这样一个清淡冷漠的女子，暂居大观园，来去随风，片花不沾身。可她并非无情之人，宝钗听湘云要做东邀社，知她在家不得做主，月钱不够支配，便替她备好了几篓螃蟹，几坛好酒，备上四五桌果碟，请贾母等一席人吃蟹赏桂。

湘云曾说：“我天天在家里想着，这些姐姐们再没一个比宝姐姐好的。可惜我们不是一个娘养的，我但凡有这么个亲姐姐，就是没了父母，也是没妨碍的。”湘云本性情豪爽之人，但她内心的柔弱，唯有宝钗懂得。宝钗的沉稳端正，让湘云觉得亲和踏实，就连一直对她心有芥蒂的黛玉，亦对其生了敬佩之心。

后来，便有了黛玉对宝钗的一番肺腑之言：“你素日待人，固然是极好的，然我最是个多心的人，只当你心里藏奸。从前日你说看杂书不好，又劝我那些好话，竟大感激你。往日竟是我错了，实在误到如今。"

那是一个秋窗风雨夜，宝钗遣人送来的一大包上等燕窝，给素日清冷的潇湘馆添了一抹温情。是的，东西是小，难得她多情如此。这位无情的冷美人，实则情多动人。她知世态炎凉，不愿与人交换更多的真心，她活得清醒通透，亦坦然干脆。

她说，好风凭借力，送我上青云。当她的青云之梦破碎时，亦不悲戚，依旧安于当下。她比人更早闻得大观园萧瑟的风声，在一切尚未败落之时提早退场，避开了大厦轰然倒塌的灾乱。她是艳冠群芳的牡丹，万花萎谢之后，亦不染其身，不动其心，更不伤其情。

民国时期有那样一位女子，被称为民国世界的临水照花人，她叫张爱玲。她不经世事，可那个时代的一切自会来与她交涉。胡兰成说她是自私薄冷的，她从来不悲天悯人，不同情谁，慈悲布施她全无，她的世界里没有一个夸张的，亦没有一个委屈的。

她喜好的东西，亦不沾身，她笔下的人物，明明喜怒哀乐过尽，可她自己却清洁得好像不染红尘。这个女子只为一人萎落尘埃，开出花朵，又为他暗自凋谢。她经民国乱世，仍如莲花身，端正无忧，连悲伤都是清澈的。不幸爱情的背离，让她从此解脱了离合沧桑。一个人，流转天涯，离群索居，生死无惧。

我自是做不得她们那般旷世女了，也不想做。我亦只是不经意路过这一世人间，与梅花做了知己，不想过多地干涉凡尘俗事，唯愿自身清净，花落无痕。以往遭遇风雨扰乱，心生惶恐不安，怕卷入是非，落于泥淖，不得安宁。如今，纵然天塌地陷，我亦波澜不惊。

我虽不喜怨艾自怜，内心到底良善多情，但终不肯与世人万物相缠。多少人，多少事，于我就这般成了转瞬即忘的风景，不惊心，不烦恼，亦不再相关。做个无情之人，好过情深时许下那些无法兑现的空盟虚誓，负人伤己。

过往多少不尽意之事，亦不再后悔，不可惜，不遗憾。若再遇相悦之人，也不再动心，更不生情，只作世间最美的相遇，经过便好。花开有期，花落有时，我自是万花丛中过，片叶不沾衣。

寂寞如雪

　　小窗烟雨，冷桥幽巷。在江南，无论在哪个季节，这都不过是最寻常的风景。焚一炉香，煮一壶茶，看似重复一种简单的姿态，实则内心早已过尽沧海。烟雨年年依旧，身边的人，身边的事，与往年却不复相同。

　　人不能动情，动情者必伤。我愿安静清澈地活着，愿此生只爱一个人，只有一个故事，只留一种结局。有时我在想，倘若此生无茶，无花，我又该拿什么来打发这寂寞如雪的光阴。今日这壶茶，浓郁微涩，一如我浓得化不开的婉转愁思。

　　喜欢江南，喜欢烟雨，甚至有时爱上了寂寞。江南的风景，并非永远是一幅潮湿的画卷，也有温丽清亮之时。江南的人物，风流多情，亦并非对每段情缘都犹豫不定。我的心，柔软良善，像是雨后的烟柳，又骄傲高冷，似那雪中的寒梅。

多少人厌倦江湖，只想寻一寂静雅致之所，归隐修行。于是，便有了一些人远离喧闹尘世，借山而居，结庐栖身。人生有舍有得，既是选择了放逐，就要放弃一切繁华，洗去一切浮尘，过清淡简约的日子。

有时，我想着，哪儿也不去，隐于这城市绿芜深处，守着溪桥小院，等春暖梅开，看静水回风。又或者做凡城闹市里某个闾巷人家的寻常女子，虽烟火缠身，却少与世人往来。但日子久了，终究还是会厌烦，毕竟是红尘深处，毕竟有世味人情。

江南的雨，总是有着某种执念，每次下落便不肯停歇。可我又固执地爱上了江南的烟雨，因为可以理所当然地闲坐，喝茶听曲，或是看一出戏，直到落幕散场。我又何尝不是这烟雨？放不下执念，解不开心结，断不了情缘，甚至不能彻底抛下浮名虚利。

否则，又何必束缚于此，为小情小爱所缠绕，不能隐逸山林，做个闲者高士。人世水远山长，可流年到底催人，一个低眉，一次转身，就把光阴蹉跎。红尘一梦已数年，我幻想过许多场景，有一院的花，满室的茶，有书香墨韵，更有一个陪我甘苦与共，风雨不弃的人。

这一切好似都有了，又仿佛一无所有。有些人已是渐行渐远，被遗忘在过往的角落，无声无息。诺言如风，莫说地久天长，就连能坐下来陪你喝盏茶的人都寻不到。与我朝夕相处的，还是这壶茶，以及廊下安静的草木、窗外清冷的细雨。

生命是一场沉默又庄重的远行，每个人看似温柔洒逸，然而又是那么高冷谨慎。且用自己喜欢的方式过一生吧。不必与谁商讨，无须为谁思量，更不必为谁修改山河。所有的恩爱情深，灾劫悲苦，终会如同这些走过的风景，销声匿迹。那些未可知的将来，又有何所思，何所惧？

尘俗之事，无非男欢女爱，名利交织，撩开重重烟火，依旧是浮世深渊。若非远离，只要是置身其间的人，就都难以挣脱。也曾是别人床前的明月光，胸口的朱砂痣，后来成了过河问路的石子，成了一盘提前放弃的棋局。也罢，世间有什么可以久长，漫长的一生也不过刹那。更何况那浅薄渺茫的缘分，有什么丰厚的资本，值得你不顾一切去下注？

雨日天空，仿佛洗净一切，本是午后时光，却愈发清亮透彻。转瞬，又至黄昏，起了暗暗的灯火。行人缓缓，湿淋淋的木桥，擦去昨天的痕迹，也无须记住往来的故事。人有时总以为自己入了迷境，却不知，走过某个转角处，就是碧云高天。

一切都在静止，一切又在变幻。庭前的翠竹依旧那般模样，任你暮色苍颜，它不改当年，雨中枝头的鸟雀不知飞去何方，寄身谁家檐下。曾经爱过的人，陪伴你一起看过几场花开，后来就转身离去，在别人的故事里，扮演另一个与你无关的角色。

今生所有相遇，都是前世的安排。无论缘深缘浅，都真心相待，直到有一天，折柳道别，亦无怨尤悔恨，无相伤相欠。那样也好，世间事，放下则安。人只有在寂寞时，才可以洒脱任性，可以去留随心，可以踏遍山河，于任何地方栖息。

有人说，择一事，终一生。我此生是个散淡闲人，人生过半，除了文字，不曾经营过任何事，也不曾与任何人过多纠缠。纵是当年落魄江湖，寄居他人檐下，仍不改初衷。我是过驿站不留宿，遇茶楼不品茗，也曾变卖文字换取薄银，典当珠钗沽酒买醉，只是种种境遇，都过去了。

十年风雨，也算是修得正果，虽没有名成功就，然再不必为谋生计，辛苦仓皇。可以安然于梅庄，喝茶写字，闻琴听雨。文字是我的情结，亦是我此生的归宿。想来有一天，风景看透，人情过尽，不离不舍的，还是这片言只语，是这墨迹书韵。

也是文字让我可以择山水秀逸之地，结庐而居。不入纷芜人世，不必风雨奔波，就可清闲度日。我要的庭院，不临城，不依镇，而是在寂静山林，空谷清涧。那里草木繁盛，无有人烟，偶有迷路的白狐驻足，片刻停留，转瞬无踪。

山中一日，世间千年。梅开了，便知春来，喝了几壶新茶，荼蘼花开，须知春事尽。之后是盛夏绿阔千红的荷，是蝉声，是漫山遍野的红叶，是拣不尽的寒枝，是铺天盖地的飞雪。

一个人，注定是孤独的，内心的辽阔，远胜过壮丽无边的山河。人生唯知音最难求，若此生无人可解我之情怀，不懂我之心意，万千草木里，定有相知相惜的一株。又或许有那么一个人，在尘世的某个角落里，安静地将你等待。也许你千舟已过万重山，但缘来时，终会相遇。

倘若可以，我愿人生可以简单一些，再简单一些。然走过的岁月，犯下的过错，甚至有过的美好，皆不可回首。唯愿以后的时光，可以如雨后晴天，月下白雪，清澈明朗。

寂寞如雪的光阴，随着变幻的云，无声的月，也就那么缓慢地过去了。于文字长河里，于四季流转，于草木枯荣，于一席茶的光影中，过去了，过去了。

字里相逢

　　窗外冬阳暖和，我坐于窗下，低眉书写，人比花低，人比花静。纵是如此，却不敢与花争艳争好，万物有情有灵，当遵循各自的使命，简静自然，随遇而安。

　　偶然看到一句熟悉的话，却依旧触动我心——"一万年太久，只争朝夕"。也是，光阴简短，飘忽若梦，看似漫长无边，实则稍纵即逝，说散就散了。若是想到什么，就当去做，不计因果，忽略得失。人生多少事，就是在犹豫中给耽误了。

　　其实，耽误了又如何？错过又如何？我与缘分有过约定，又频频与之擦肩。有些人，等候在你必经的路口，虽历百转千回终会相见。既知明天无可预料，莫如珍惜当下，不迷乱，不悲情，不感叹，做可做之事，留可留之人。

我与文字的情缘，算来已有二十余载，而你们和我字里相逢，亦有十年之久。这么多年的风雨相煎，于文字，有落寞，有辛苦，也有欢喜，有欣慰；于你们，有深情相随的感动，亦有转身相离的淡然。

今日颜说她昨夜看到一句话，心有感思。"得到的都是侥幸，失去的都是人生。"她年华正好，于当下风静日闲的安逸时光，总觉恍惚，将自己春秋耕耘的果报，亦认作侥幸。我不以为然，数年来与文字相依，寒窗灯影下苦乐文织，当是冷暖自知。一切果报，皆有前因，一如所有的故事，都有主角。

有时入了情境，便觉得自己是文字的主角，纵冷眼相看，亦难以做到全身而退，毫发无伤。我和文字的缘分，也许是与生俱来的，仿佛自懂事以来，清风便教我识字，明月伴我读书。《牡丹亭》里杜丽娘说，可知我常一生爱好是天然。我亦喜自然之景，得山水深恩，感草木情意，方有如此不尽灵思，落笔似流水行云，自在随心。

我生于村落寒门，非书香世家，居篱笆小院，非牡丹庭园。印象中，外公时常静坐竹椅上，捧读诗书，却从不与我言说。父亲则时而翻读几册老旧泛黄的医卷，书页上的文字，于我恍若天书。我宁可独自坐于楼阁上，看一场雁南飞，于廊角下，看一场蚂蚁搬家，也不愿沉浸于书中，读我过目不忘的课本。

青山绿水，翠竹莲荷，鸟雀虫蚁，伴我走过那不经世事的幼年，让我用一生的时光都无法忘却。无论我走得多远，去往哪座闹市凡城，置身于何条街闾巷陌，内心深处终是那小小村落的黛瓦白墙，烟火人家。

以往只觉最美的风景在远方，深邃的文字，需经岁月流转，历沧桑变幻。后来觉得，世间万象，莫过于天然，锦绣文辞，抵不过简易白话。元好问诗："一语天然万古新，繁华落尽见真淳。"文字如人心，当洁净清白，不加修饰，铅华洗尽，唯见自然之姿。

世事飘忽难定，文心更应从容简静。写字之人，如坐蒲修禅，处乱象纷纭中，亦不受外界侵扰，历山河变迁，不改始终。那时年少，不经生死离合，却总有抹不去的浓愁哀怨，落于文字，成了挥之不去的牵绊。今时，却愿省略一切修饰，简约淡然，物我相忘。

当年写字，为寄情抒怀，亦为谋生。而今却只当修行，以文养心，行走于世间，又不为世情所缚。但到底修为不够，执念太深，怕被烦喧惊扰，愿避世绝尘。竟不知文字的世界寥廓无边，又狭小幽静，可以庇佑天下寒士，芸芸众生，又只容得下一颗心，一段情。

慢慢地，我懂得了在文字中释然，于文字中感风。不困于情，也不乱于心，世间万物，各有其缘法，所有的挂碍及不舍，都是因为放不下。追慕名利是执，痴于情爱是执，陷于文字也是执。文字的深意，小如人生的深意，淡然处之，经过从容。

读沈三白的《浮生六记》，偏爱《闲情记趣》和《闺房记乐》。他与陈芸伉俪情深，至死不渝，虽是始于欢乐，终于忧患，但彼此在最好的年华拥有过那么美好的光阴，当是一日抵千年。纵来年经受生离死别，放逐于滔滔世浪，又有何所惧？

芸喜曰：“他年当与君卜筑于此，买绕屋菜园十亩，课仆妪，植瓜蔬，以供薪水。君画我绣，以为持酒之需。布衣菜饭，可乐终身，不必作远游计也。”

是啊，布衣菜饭，可乐终身。我们一世修行，不就为了寻一处安逸的居所，安度流年？我爱他文字里的恬淡宁静，亦爱那烟火情味。若可以隐于小户人家，谁又甘愿流离奔走，餐风饮露。守着一屋一院，一人一心，一茶一饭，远胜过看乱世红尘的万千风景。

我和文字，当是前缘未了，今世方有这深刻的相逢。与你们亦是因为文字，方有了这段际遇。我不知这段情缘还能维系多久，三年五载，或是一生一世。今生是过客，或是知交，皆不重要，缘起缘尽亦不悲不喜。

也许有一天，我会搁笔，与你们暂别，不是因为倦累，亦不是因为才尽，当是有别的使命。或纵身于最深的红尘，过尽百媚千红，在人群中修身克己；或深居于梅庄，隐姓埋名，被遗忘在林泉世外，清简度岁。

那时的我，安心做个闲人，置地购梅，遍植山林，纸窗竹榻，炊饭煮茶。若有相知之人，携手地老天荒，自是人间仙侣。若此生不遇，亦不孤寂悲戚，还有漫山的梅，满室的书，相伴相依。

　　我愿缓慢地老去，而文字亦随我的平静，简约清澈。字里相逢，看似虚幻缥缈，实则真实美好。你们于文字中所见的，亦是最真的我，天然不加修饰。我的文字，见花草，见心性，也见众生。

　　不为那擦肩而过的回眸，不为与你在下一世遇见，只为了却此生未尽的缘。文字还在，你还在，我还在，此后，淡看世间事，常生欢喜心。

卷二 ◎ 王谢堂前燕

——你是我少生——最美的修行——

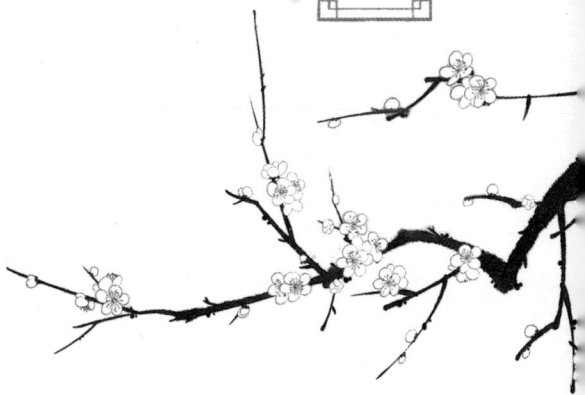

江南烟雨

　　江南夏至，满城烟雨，飘落在闲庭小院，潮湿清冷。每逢细雨初过，门外深巷便有卖花声，亦闻得杨梅青涩的气息。雨后漫步，只觉神情气韵亦有草木的清新，柔婉亦洁净。买上几朵白兰，几枝茉莉，别在衣襟，只觉人世风物竟可如此多情无争。我亦是安心当下，不去想山长水远的将来。

　　到底是寻常女子，虽喜焚香抚琴，枕雨读书，素日亦只是简单模样，烧茶煮饭，洒扫庭除，清洗碗盏。人世离合悲欢亦有，沉静终是多于浮华。古来多少绝色佳人，才情远胜于我，亦隐去溪水斜阳，葬于岁月江山。他日若得相逢，必惊艳于三生石畔，淡忘沧桑兴亡，不负静好风日。

天地悠悠，我亦只想和喜爱之人看想看的风景。心中常生闲隐山水林泉之念，却终不舍现世华丽。还忆幼时乡间，山村古朴，门庭简净，男耕女织，安逸平和。春风拂至，桃李无言，堂前燕子亦沾喜气，聚于古老墙院，嬉戏呢喃。古来山河浩荡多变，唯寻常百姓人家不争输赢，故不落劫数，安然无恙。

细雨中的村庄，烟雾萦绕，看不见山川田野。孤舟系柳，雨打莲荷，几只鸥鹭拂过翠水，再掠过林梢，不知归处。下雨天，搁下平日的琐事，家人聚于古老厅堂，盛来瓦檐洁净的水煮茶，静静地听雨落在天井的石阶上，连喜怒哀乐亦是平常。

絮雨纷飞，落上整整半月，纵是几大俗妇，亦生了闲情逸致。他们的心事，若连绵的梅雨。梁间的燕子，也商量不定。老旧的庭院，经年的青砖以及人间草木，都弥漫着湿润的气息。以为悠长得可以永生的时光，后来就那么匆匆过去了。不绝的风景，徘徊的往事，隐于溪山烟水中，小巷人家里。

人生若流水，清淡简约，并无多少分量。十里荷花，长亭短亭，自有一种远意，让人愉悦亦安定。多少铭心刻骨的故事草草了却，我们亦成了光阴的过客，来去悠悠。陌上行人看似风光无限，亦只是残照里的风景，转瞬成烟。

昨夜梦见外婆，着一件深蓝的立领薄衫，斜襟小扣，一如民国风雨里走来的女子。外婆修行一世，历多少离合聚散，起落浮沉，却仍像没有故事发生那般。烟雨小院，她撑一柄素花油纸伞，采摘茉莉，那端然风韵，仿佛修炼千年的草木，方得人身。

幼时母亲总是亲自为我裁制衣裳，皆是粉色斜襟小衫，白色裙子。晨起梳洗后，为我扎上辫子，额前留着刘海。这模样似落在山川日月里，至今亦不曾有多少更改。婉约含蓄，若平湖春水，安静无猜。潇洒从容，又如清风杨柳，自有主张。

夜色深沉，隔帘听雨。简陋的屋舍里，微弱的煤油灯下，外公坐于案边捧书静读，外婆则在一旁斟上一碗茉莉花茶，红袖添香。落雨的村庄，更显安静，人的心思亦纯粹。多少喜怒哀乐，成了山河里的风景，慷慨洒然。他们便这样携手相伴，共经风雨，同守平淡，在烟火人间，寻常巷陌里安居一生。

如今，他们连同过往的一切皆藏于后山的烟雨竹林。每次梦里醒来，并无多少悲意，仿佛他们不曾离开，依然居住在那个遥远的小乡村，安稳度日。人间现世，如春光洁净，似皓月清朗，纵算再不得相见，也无多少沧桑之隔。有一天，双亲亦会离我而去，在这世上，留下孤独的自己，还有一直同行的流光。

徘徊在岁序光影里，更觉人世如画，过往之事，件件皆真。梦里我还是那个烟雨中泛舟采莲的小女孩，儿枝白荷，几束莲蓬，像是对季节的约定，年年如期而至。漫天的雨雾，遮住了眼帘，看不见道路山川。后来我在满院桃花的庭院里长大，以为可以守着质朴村庄，清明天地，安稳庄严地过一生。竟不想到底随了波涛，乘舟入了茫茫人海，在红尘深处悲喜过尽。

世间女子皆藏于《花间集》中，我亦是书卷里的一阕词，虽妙年不再，却洗尽铅华，神色淡然贞静。丝竹兰语，新词旧韵，皆为清平之音。一盏香茗，做了知音，日子若水流花开，明净悠远。女子当珍爱自己的容颜，明眸善睐，浅笑嫣然，一刻千金。

风雨之夜，盼着有一个西窗共话的人，倘若没有，亦不孤独。看似绵密深长的日子，转瞬就过去了。檐角的细雨，年年相似，几树芭蕉，寂寞地倚着轩窗，终是别无所求。纵是红颜不老，一个人守着孤独岁月，有甚可喜？若是芳华老去，又有甚可悲？

今生所遇尘缘，亦是劫数，无须说盟说誓，到底有曲终人散之日，那时便是随缘平静。人处逆境忧患之中，更觉真情可贵，唯盼有一人得以执手相依，共度深稳现世。

　　烟雨迷离，一如画境。我亦觉得自己是画中的女子，入了悠长的雨巷，此生不知道还能不能走出来。光阴洒了满地，无从拾捡，那些不为人知的心事以及仓促走过的岁月，皆泡进一壶茶中。由浓至淡，由暖转凉，片刻而已。

　　我将相思挂在雕花的窗檐，将流年装点于案几上的花瓶，任窗外飞雨满天，仿佛只一夜，季节便悄然流转，世事亦更换了模样。人世三十余载，尘梦悠悠，能记住的很少，遗忘的却太多。

　　浮生如梦，处红尘深处，总生出遗世幽隐之心。待到那一日，抛散浮名，放下执念，寻得一赏心悦目之人，泛舟江湖，梅庄终老。那时，任凭世间风雨飘荡，河山逆转，我自漠不关心。

　　我对世事无有亏欠，世事亦不曾伤害于我。草木有情，故我以礼相待，存敬畏之心。往后的岁月，听风赏雨，种月耕云，看春秋来去，就这么过尽一世。

　　慢慢地，都忘记了，世间曾有白落梅。

人淡如菊

    风雨之后，窗外，草木淡淡，秋意深浓。桌案上，几盆素菊，恬淡宁静，从容不争。过往的记忆，像流年转角处一道微薄的凉风，清简亦深刻。依稀记得，母亲就是那枝淡菊，在自己修筑的村落篱院，简单持家，一生自若。

    如今的母亲，已是美人迟暮，鬓发成雪，再看不到年轻时的妩媚风姿，端雅情态。《二十四诗品·典雅》有云："落花无言，人淡如菊，书之岁华，其曰可读。"母亲的美，恰如她的名字，清淡如菊。这朵素菊，静静地开在百年老宅，开在霜降的清秋，平和宁静。

母亲生于江南一座偏远的小村庄，那里山水灵逸，青瓦白墙，古朴安宁。村庄翠竹依依，柳溪梅亭，带着一种遗世的清远和静美。外公虽是贫农之家，却喜诗书，爱风雅，他视母亲为掌上明珠，宠爱有加。母亲既有外公的文人情怀，又有外婆的聪慧娴雅，甚至比他们更多了几分风云慷慨。

母亲自小便上学堂，后因家境清贫，难以供养，方辍学于家。闲时帮外婆打理厨下，做些针线女红，为外公斟酒煮茶，日子朴实安逸。母亲说，原以为自己会和邻村某个年岁相当的男子联姻，从此过上日出而作，日落而息的平凡岁月。

偶然机缘，她与挑担卖药的郎中相识，这年轻的郎中便是我父亲。两人本无多少爱恋，只是父母应允，母亲二十岁便成婚。婚后，两人住在邻村卫生院的一栋老宅里，一起行医采药，打理菜园，也算是夫唱妇随，清寒喜乐。

唯一不遂人意之事便是婚后久无子嗣。母亲内心苦闷多愁，却无多表露，素日依旧与村里妇人平和相处，欢颜以待。母亲人善，村里孤寡老人，她总是私下接济，村里来往乞丐，她亦是慷慨待之。如此积德，果得福报，三十过后，得一子一女，可谓大福大安。

　　长大后，我深信，我与母亲的缘分皆为她行善所来，故更珍惜因果。母亲于我有如日月山河，浩荡明丽，恩深似海，又埋所当然。她一生坎坷多劫，纵有多少不如意，也终是平静洒然。她朴素勤劳，简约度日，故家中生活总是张弛有度，不至于太过拮据。

　　母亲性子好强，素日温和爽朗，亦偶尔会烦急。幼时母亲对我严厉，犯错之后多有责备，我对她心怀惧意。记忆中更多的则是温暖，以及那割舍不了的母女亲情。母亲为我缝制斜襟盘扣小衫，带我去菜园打理果蔬，相伴捞萍采莲。

　　寻常时日，母亲多在厨下烹制美食。生了灶火，铁锅里煎炒之声，喜气悦耳。烟囱里的炊烟弥漫至庭院，长巷，以及每一个自由的地方。月色黄昏，母亲倚着柴门，等候打柴晚归的父亲，那焦虑的眼神，如今想来都是深情。

　　风雨秋窗下，母亲着洁净白衫，织补冬衣，那般沉静妩媚。我坐于一旁，低眉写字，心中安然，只盼着不要长大，一直做她的小小女儿。如此，母亲便可以永远保持她的清秀容颜，不会老去，我亦不必离开村庄，奔走于滔滔俗世，飘忽无寄。

母亲说，我十岁之龄便离开故里，求学而去。于她，应当不会有太多的依恋之情，于村庄旧宅，亦不会有太多的深刻记忆。她不知那段幼年光阴，早已铭心刻骨，只需一个片段，某个瞬间，就抵得过我于都市所遇见的万千风景。

忘不了与母亲携手赶集，走在蜿蜒山径，采摘野花，畅饮泉水的喜悦。忘不了年节时日，夜里晒场看戏，母亲拥我入怀的暖意。忘不了她一世省俭，攒下银钱，供我省城读书，许我四海漂游的恩情。

这些年，我孤身于外，母亲虽牵肠挂肚，却深藏于心，从不给我添上负累。家中遇事，她亦是隐瞒于心，不诉忧思。她此一生，虽只是守着村落小镇，内心却通透明净。她不慕繁华，淡看荣辱，不论遭遇怎样的灾难，皆淡定缓和，始终相信一切都会逢凶化吉，云开月明。

历十年风雨，我如愿得在江南古城过着闲逸安稳的日子，煮茶听雨，写字谋生。母亲则遭逢劫数，迁徙至南方小城，静心休养。匆匆返家，伴她亦不过简短数日，岁月无情，大病之后的母亲，更是沧桑疲惫。

人世至亲，遭此大劫，我竟不知如何宽慰。平日素淡的母亲，亦生出怨叹之心。她怪上苍不公，一生积善，晚年却得此大祸。后来又觉得，她将此生修行的福报，皆回向于我。只要我平安周全，她愿经受一切疾苦，亦无惧劫难。

母爱之伟大，浩荡如海，真切于心，来世结草衔环，亦当还此深恩。然我深入尘海，于人间终是飘荡难安。母亲亦有许多不得割断的牵挂，在那个生养她的故里。她盼着有一日可以家人团聚，淡饭粗茶，岁序长安。

于父母双亲，我素日虽尽人世之礼，却到底有愧。多少次午夜梦回，舍不下的还是那个古老山村，重温的是院落厅堂里寻常人家的故事。我的母亲还是那枝素菊，守着竹篱小院，炒菜煮茶，恭顺端正，安享稳妥现世。

慢慢地，母亲懂我情怀，知我心意。她感叹，说我前世定然犯下过错，今生方落于寒门之家，狭小村落。我却感恩有过那样一段民间岁月，铭记人世贞亲。山水有灵，多情的燕子亦知人间悲喜。纵是历经沧桑变故，生死离合，终守初心，深知父母之恩，朴素庄严，永世不忘。

有那么一天，我于宁静之所修筑小院，栽种霜菊。那时，无论母亲是否康健于人世，我都会安稳度岁，平和处世。日闲风静，看一簇簇菊花竞艳争芳，悠然清远。

你看那高墙旧宅，锁住了多少离合故事，人生匆匆，亦不过百年。当年烟雨之畔的秋水佳人，已然瘦如黄花，那段浅薄的心事，何须人知？

人生素简

雨日独处，焚香静思，窗外风雨琳琅，而我闭门便可修行，梅庄是道场。内心无有尘埃，只觉人生素简，天下闲静。我想着，有一日泛舟江湖，这里终是我山穷水尽的归宿。

内心平静，波澜不惊。我不爱荣华，只爱朴素，不爱浓妆，只爱天然。期待做一个洗尽铅华的女子，布衣素裙，粗茶淡饭，在雪洞一般的屋子里，平淡生活。一桌一椅，一窗一琴，一茶一杯，无有玩器陈设，甚至连藏书都不要，旧物也可割舍。

到底心有执念，每每看到满室的老茶，还有博古架上摆放的粗陶瓷罐，以及妆奁里的一盒美玉。这看似简洁素净的屋舍，却是华丽深藏。尽管我素日无事，一直裁枝剪叶，依旧做不到一清二白。

心中的梅花开了又谢，谢了又开，年深日久，有淡愁，也有清欢。梅庄里草木繁盛，一如我的妙年锦时，但终将成为过去。至简人生，不该有雕饰和挂碍，守着最初的心，明净不争。纵有欲求，亦当随缘，强求徒添怅然，断念是良策。

母亲时常说，心宽体安，嘱咐我切莫生出太多私念，守着当下的福报，稳妥度日。我多年的文字修行，不及她于平凡日子里的所思所悟。人生百年，匆匆如梦，贫富自有定数，来去皆不由主。一生漫长亦简短，要清风盈袖地过下去，真的不易。

生平爱慕钦佩的两个女子，是外婆和母亲。她们两个人，一个至柔，一个至坚。外婆待字闺中时，享受过世间荣华尊贵。她爱金玉，亦喜绫罗，后家道中落，嫁与邻村寻常人家，数十年过着朴素简洁的日子，无有丝毫怨恨。一生相夫教子，守着她的宅院小户，清简深稳，平实安乐。

记忆中，外婆时常往来于庭院，修花理草，晾晒干菜。有时坐于檐下，和邻妇做针线，闲话家常。她着一件蓝衣斜襟的盘扣上衣，鬓边时而斜插一枝茉莉，让我惊叹她的端正安详。她算不得美丽女子，却有着民间传统妇人的温婉贤德，为人处世皆入情入理，不生是非。

外婆的人生，一如她藏于木匣里的银饰，古拙精致，素简明净。年幼时，她于富庶人家衣食无忧，后经乱世逃荒，亦经受悲伤惊惧。她说，饥寒交迫时，一碗米汤便足以慰藉所有的清苦。她心灵手巧，持家有序，后嫁为人妇，遇灾难动荡，亦穷得不凄惨，将柴米油盐安排妥当。

母亲性坚心柔，勤劳俭约，亦随缘喜乐。母亲说，这一生，她不慕繁华富贵，只愿平淡安稳。母亲不爱金玉首饰，不喜繁复雕琢，亦不铺张浪费。她的日子一如春风秋水，山河日丽，简净无华。

母亲待人良善，静守平淡岁月，一世心安理得。无论是居乡间村落，还是住小镇闹市，生活皆平稳安顺，衣食无忧。她素日省俭，挣取的银钱，除去日常支付，剩余的积攒起来，以备人世所需。只要有母亲在，纵遇乱世荒年，亦无窘迫之境。

母亲不喜出远门，她的世界狭小却明亮，简单却真实。她就是一个寻常的村妇，却生得端丽秀美，聪慧灵巧。她的衣衫永远清简洁净，她对万物从不痴迷，却素淡有情。她于门庭廊下看尽人间芳菲，于夏日荷塘捞萍采莲，于风雪之夜，等候晚归的丈夫。与她相关的一切，哪怕是平实的片段，都是好的，让人心惊。

她遇事不慌不惧，从容沉着，于凡尘中修行，自身洁好。这样一个善人，亦遭遇灾劫病痛，多少不称意，终是过去了。素日买些衣物与她，她皆不情愿，怕有生之年消耗不尽，死后万事归尘。看似悲凉之音，却明朗清脆，掷地有声。

自古多少绝代佳人，行经唐宋春秋，亦只是隐于斜阳巷陌，市井门庭。她们的故事起伏委婉，无论是喜是悲，经历多少忧患，或得过几多恩宠，终是烟消云散。生时落于百姓人家，死后葬于悠悠天地，记得的人，真的很少，只当作一切都不曾发生。

我该是过了做梦的年岁，经受几度灾劫，几番起落，深感人世飘忽无常。我心再无悲戚，亦无畏惧，来来去去，像是一出折子戏，散场后，留下的只有自己。人间万事，无论是物，或是情，皆有缘法。既知有一日殊途同归，又何必执于得失幻灭，待一切落幕，世上自然平静。

　　光阴浩浩，不为谁停歇，昨日绿荫敲窗，今朝红叶满径。良辰美景，亦是这样不动声色，往来无心。以往不舍的，今也舍了，不愿删去的人，也给忘了。多少旧物，随着人世徙转，终将丢弃，口了久了，你会忘记谁曾来过，谁又走了。

　　晨起时，坐蒲团读经，我对佛理本无多所知，却又心意相通。佛说，人生八苦，生苦、老苦、病苦、死苦、爱别离苦、怨憎会苦、求不得苦、五阴盛苦。看似深邃难解的经文，实则直白易懂。万物之浩渺，抵不过人心，心不动，则山河不改，兴亡无关。

　　"旧时王谢堂前燕，飞入寻常百姓家。"多少英雄豪杰，不及渔翁樵夫闲逸自在。千古江山，沧桑成败，亦如流水落花，往来有序。那时年华尚好，我心无大志，只想有一间陋室，遮蔽风雨，再无须寄身檐下，江湖流转。如今，依旧疏于名利，愿此生幽居小院，巷陌人家，不避世，不逃乱，将日子过得深稳绵长。

　　友说：执于断念也是执，万事当随缘。我到底还是修为不够，看似明心见性，却终究糊涂，不能淡然从容。贾宝玉做一偈语：你证我证，心证意证。是无有证，斯可云证。无可云证，是立足境。而林黛玉觉得还未尽善，续了两句：无立足境，是方干净。

天地茫茫，有如刚刚下过一场大雪，洁净彻底。世事分明，人生简净，江山兴废与我何干？是非成败与我何干？我只守着一扇小窗，冲泡一壶闲茶，听一出老戏，岁月历然，什么事也没有。

王谢堂前燕

唐代刘禹锡诗："旧时王谢堂前燕，飞入寻常百姓家。"说的是人世多变，沧海桑田，旧时豪门庭院的燕子易主，落入寻常百姓人家。我爱那盛世里烈火烹油的繁华，更爱古朴村落的黛瓦白墙。千古兴亡之事恰如流水轻烟，百姓人家依旧静好无言。

我的祖父在南方小镇以贩卖药材为主业，后开起了百货商行，场地虽不大，铺面也有好几家。于桥头亦算个乡绅，过着丰衣足食的富庶日子。祖母据说也是个美人，裹了三寸金莲，走起路来袅袅婷婷，似弱柳扶风。当然，这是从父亲那里得知的，我母亲亦不曾见过祖父和祖母。

因时局动荡，作为地主乡绅的祖父，自然落了劫数。店铺被没收，有着精致石雕木雕的宅院被一场大火烧尽，年少的姑母带的一大袋黄金也被不知名姓的大汉掠走。万贯家财转瞬成空，祖父和祖母不久便染病身亡，姑母嫁为人妇，余下父亲流落乡间，借住于儿时的乳娘家里，风雨十载。

乳娘虽待他亲如己出，但终因子女诸多，照料不全。年仅七岁的父亲，随师傅学做豆腐，四更天便起床，石磨磨豆，生火煮豆浆，其间繁复的工序，他皆一一参与。幼时，我不知人世疾苦，以为做豆腐是件美好的差事。想象着夜色宁静温柔，生火煮豆，温暖的厨下，漫溢着豆浆的清香，飘至老街旧巷，给夜晚的行人带去暖意。竟忘了一个七岁孩子，夜夜如此辛劳的苦难。

古人云，人生有三苦，撑船打铁卖豆腐。父亲做豆腐，为他人世第一苦。几年后，父亲得遇贵人，有幸去了小镇一家药铺当了学徒。此一生，他便和药草成了知交，将这份职业爱到骨子深处，誓与之同生共死。

如父亲所说，这是他的饭碗，有了饭碗，他再无须忍饥挨饿，不必遭受冷眼。更何况他喜中医，爱药材，自小与百草有过缘分，对之情深。父亲的名字亦为木，草木温润，乃人间谦谦君子。父亲的性情温和良善，忠厚老实，素日寡言少语，与病人交流时却是言之不尽。

做了药铺学徒，每日晒药、研药、抓药、制药便是父亲的职责。晴好时，父亲还要去山间采药，或挑着药筐，行走于乡间，做个卖药的江湖郎中。衣食算是有了着落，夜宿药铺，亦有遮风避雨之所，内心却始终无有安稳归宿。每逢年节，药铺的学徒皆归家团聚，而他只能背着行囊，带上积攒的微薄银钱，去往乳娘家暂住。

应当说，母亲是父亲此生的救世主，她的出现，让飘零数载的父亲有了归宿。母亲是外公唯一的女儿，自小受宠，生得貌美端庄，又上过学堂，大方得体。那时以父亲的身份和家境，许多人是避之不及的，然外公为读书人，不拘人世俗礼，不问出身来历，只认父亲那个人，勤恳实在，上进好学。

后来母亲说，她嫁与父亲，亦是听从父母之命，见他书生模样，也算周正清朗，好过随了农夫俗子。父亲对母亲虽无千恩万宠，亦无蜜语甜言，却是心意珍重的。他对母亲因爱生敬，为了母亲甘愿留在乡村卫生院，做一名平凡的乡村医生。平日打理药草，济世救人，又和农田柴木做了邻友。

祖上遗留的产业，父亲是一无所得，挣的碎钱亦不够购置田地，建房修宅。但因娶得母亲，父亲有了家的温暖，虽借住于诊所的老宅，亦觉踏实心安。后迁徙至一户村民祖上存留的院落，虽老旧，却足以一家人安身立命。

父亲行医看病，母亲相伴抓药，父亲耕地打柴，母亲料理家务，于朴素乡间，亦算是夫唱妇随，日子美满幸福。父亲常年走乡串户去诊治病人，陌上风光无际，他不惊心，见美人浣纱，他亦无感。他就是那样老实的一个人，别人对其尊之敬之，他依旧简单朴素，不邀朋结友，不买醉于巷陌人家。

父亲对母亲有着丈夫对妻子的欢喜和敬重。我小时候每见父亲归来都把钱交给母亲，或带着农家给的吃食让妻儿尝鲜。家人团坐一起吃饭，或在夜灯下歇息，父亲总是将一桩一桩的事说与母亲听。家里大小事宜，皆为母亲做主，父亲自是听从，几乎无有违背。母亲对父亲亦有着一个妻子对丈夫的尊重，或许这就是中国民间的夫妇之亲。

母亲时常说父亲是个寡味之人，不风趣幽默，更不浪漫多情，亦不算体贴入心。生活中许多事，他都想不到，对母亲虽宠却不解其心意。母亲知他性情，亦不与其计较，和村里的妇人一起采茶捞萍，料理她最爱的果蔬，饲养她的牲畜，邀约大家一起去赶集，去各个村落看戏，亦是喜乐不尽。我亦随了母亲，爱极了这样的烟火日子，寻常岁月里，总是有情有义。

父亲这一生，性情沉稳，不爱管闲事，虽起伏多难，却又像冬日庭院的雪，默无声息，没有故事。他所读的书不多，却总在暗夜的灯影下研读医书，学习药理。他一生朴实，不够生动，无任何喜好，终日与药草默默相伴，在自己的世界里相安。他不算豁达爽朗，但磊落清白，从来不与人多生纠葛，但凡繁闹之处，皆不见其身影。

父亲诊治病者，无比贫富，一视同仁，从无分别心。不管春夏寒暑，只要有人叫唤，他便背着药箱，有时行数十里荆棘丛生的山路，常遇蛇虫野兽，几度惊险，终是吉人天相，走过来了。所挣取的银钱，很是微薄，遇上清贫之家，赊账亦属寻常。父亲虽背负赡养妻儿的责任，却亦不计较得失，万般随缘。

父亲当是平凡之人，所做的亦不过是平凡之事。他入不了仕途，做不了官，本是个乡绅少爷，却被时代给冲散了，门庭没落，流离凡尘。但命运给了他另一种幸福，他娶得贤妻，儿女双全，抵消他多年的人世孤苦。

父亲在家时，不教我们读书写字，亦很少教我们做人的道理。他对母亲的信任，好过对草木的诺言，不生猜嫌。父亲视我如净莲素竹，对我从不打骂责备，一切随我心意。对我兄长亦不严厉，纵是后来传授他中医，也带着从容之心。

光阴有情却无心，父亲一生治病救人，刚过天命之年便生了重病。多年来亏得母亲悉心照料，加之心态平和，方安然度过。后来，他慢慢地割舍了药草，做个闲淡无事的老人。每日于乡间小路漫步，看青山绿水，怡然自得。归来后，在阳光下泡一壶老茶，其间掺杂一些养生的草药，独自品味。

病后的父亲失去了以前病人对他的尊重，失去了过往村人对他的爱戴。父亲的言语受了阻碍，原本寡言的他，更加地沉默。素日里与我们亦无过多交流，他在属于自己的世界里安然自处，无悲无怨。

父亲和母亲一生相伴，没有离别，共同执手经历风雨灾难，不算恩爱情深，也是相敬如宾。此一生没有大富大贵，但丰衣足食，与寻常百姓人家无有差别。父亲的药铺闭门谢客了，旧日的庭院，亦是归还原主，父母早已有了自己的宅地，安家落户。那些衔泥筑巢的燕子，又是否还记得，谁才是真正的主人？又或者，于它们而言，人间处处是归宿。

都说种善因得善果，父母一生行医采药，救人无数，虽为谋生，更为积德。年老后，终逃不过病痛灾劫，所幸的是，可以平稳地安享余生。夕阳无限好，只是近黄昏。他们残剩的岁月已然无多，而我数载漂泊，远离故土，到底负亲有愧，又无可奈何。

我知道，不久的将来，他们要双双离我而去，斜阳墓冢，不知又添多少荒凉。只是，谁家不曾经受沧桑变幻，秦汉唐宋元明清及今时，无论是贤臣良相，还是百姓平民，皆生时辗转于人世，尝尽离合悲欢，死后葬于巍巍山巅，寂灭无声。

在这深情又薄情的人间，唯愿远在故里的父母，余年康健，喜乐平安。

烟火幸福

冬阳暖和明净，天空湛蓝如洗，清远浩瀚，无有尽头。南方的冬总是这样温和，不凛冽，不粗粝，更不苍凉。多少寂寥心事、离愁别怨，都在这日色风影下消散，不见影踪。人世风光这般静好，无灾劫，无病痛，无流离，亦无困苦。

也曾去过北方，看江山无际，被帝都隐透的王气所震撼。感受过落日城墙的悲壮和沧桑，历史的言语壮阔浩荡，庄严亦惆怅。可我依旧眷恋南方的风情，旧庭深院的闲静和安稳，溪桥翠竹的温柔与端雅。

我之所愿，是寄身于南方小户人家，寻常日子里，听欢声笑语。没有乱世荒芜，远离仓皇纷乱，和一个心意相通之人相守平凡的烟火幸福。有属于自己的宅地，栽种满庭的花草，远避世道浇漓，不惊扰人，不受人欺，与尘世的一切相亲又相忘。

晨起，着素白裙衫，不加修饰，简约清雅。镜里容颜依旧，都说光阴无情，可我总是忘记年岁，让自己活出一种姿态。后来，我把一切经历、所有过程都当作修行。或悲喜，或聚散，或圆缺，或冷暖，都从容相待。但凡有解不开的心结，只要在清淡的茶雾里，便慢慢释怀。

我亦不生慵懒之心，趁阳光晴好，洒扫庭除。换洗被套、茶席，擦拭器皿，舍去繁复，留下简净之物。待室内一切齐整洁净，取来新摘的玫瑰花，铺在竹匾上，于阳光下晾晒。还有新折的红椒，色泽艳丽，望之让人心生喜悦。阳光下，简约的日子亦成了不可复制的风景。楼下石径无有人烟，两畔杂草丛生，更添幽意。

日子慈悲如莲，我从容地接受大自然每一寸赠予。数十年来晴耕雨读，不改初衷，遇逆境从无怨尤，也不生愁惧，处顺境亦是淡然心性，不骄纵浮华。岁月如流，我这株梅也消磨了以往的傲气，愿意对众生低眉，落于平淡的生活，也不觉卑微。

　　有时候，觉得自己是这样简单的一个人，无恩无怨，无成败
亦无得失。人世所有风景，都在耕耘的文字中，在简约的日子
里。我亦不曾想，当年那个居村野人家，采莲捞萍的小女孩，会
成了文人。原以为一生与泥土做伴，和草木相依，不承想成了当
下光景。

　　几册书简，一盏清茗，不与人争，不被世扰。别人眼底的寂
寞，于我是安宁，别人心里的风光，于我是负累。父亲说，医生
要有医德，仁者之心，救人于世。行文亦如此，需怀悲悯之心，
不为度人，亦不为感化众生，只愿读者可以于文字中，得到几许
宁静，一点清凉。

　　白云离我很远，又很近。多少次，我在文字里回忆过往的一
切，于梦境中重温那些有过的烟火幸福。外婆和母亲都喜爱晾晒
瓜果蔬菜，鱼肉鸡鸭，甚至花儿草儿。于冬日里，趁阳光晴好，
便采来蔬菜，或用清水蒸煮，或用粗盐腌制，每一道工序，都温
暖有情，让人感受到朴素民间的喜意和华丽。

　　家家户户有大小不一的竹匾，那些竹匾皆为村里艺人编织。
天然之物，取自天然之景，伐竹破竹，精细织就，在长满老茧的
手上，成了一道温柔的风景。父亲用竹匾晒药材，外婆用竹匾晒

茉莉菊花，母亲用竹匾晒辣椒果蔬，而今，我亦学了他们，用竹匾晾晒闲情。

我腌制咸菜，自制豆腐乳，乃至晒鱼，晒肉，皆是幼时见母亲制作，那些过程和工序，无须询问，便已学会。偶有闲暇，便独自采购食材，一个人于阳光下，细心制作。过程缓慢而持久，一旦投入进去，非但不知烦琐，反而内心觉得美好而踏实。

记忆中是幼时熟悉的风物人情，是外婆和母亲庭院里温馨的身影，是光阴的味道。深冬时日，恰逢年节，原本清淡无味的日子，热闹繁盛起来。村里的妇人，从菜园里采来可以腌制的蔬菜，称上数十斤豆腐，静静于厨下或庭院里细致料理，储藏美食。她们在食物里倾注情感，按照个人喜好，添加不同的作料，故每个人腌制晾晒出来的干菜，制作的腐乳，味道皆不同。

母亲沿袭了外婆的技艺，又添加了自己的情趣和心意，她们所制作的食物，我沾唇便知。一碟简单的腐乳，一根素净的干菜，一块咸鱼，一条腊肉，乃至一只咸鸡或咸鸭，各有其心，各有其情。而我又融入了她们的情感，存留着美好的记忆，故每次腌制食物，皆情意深浓。

　　或许，熟识药草，腌制美食，晾晒干菜，于我是一种天性。这些年我流离在外，再难见到当时村落人家晒制食物的盛景。虽整日忙于书写文字，烹煮闲茶，料理花草，帮衬家务，若思念故里，便会制作美食，聊寄心情。一个人静静感受平淡的烟火幸福，孤独却不落寞，冷清却不悲凉。

　　若在旧时，我当是那出入厅堂，安于厨下的寻常女子。丈夫伐薪归来，稚子放牧返家，我于柴门守候，再至厨下烹煮茶饭。任袅袅炊烟途经庭院，飘至远方，让陌上行人感受家的暖意。老宅依稀还在，人已不知去往何处，就连当年的燕子也迁离旧巢。只余下寂寂荒草，肆无忌惮地生长，对着破落的雕梁、残败的石墙，诉说远去的过往。

　　外婆离世，今生再无法享用她烹制的美食，不能与之同桌，见她喜色欢颜。多年在外，归家的次数和时日有限，母亲总会提早腌制美食，而我虽留恋旧时味道，却食用不多。母亲的青丝被岁月漂染成白色，原本多愁善感的内心更加脆弱易感。

　　我虽居都市，却又远离城市的繁华，宅于屋舍，少去市井之中，亦不和世人往来。我所见的一景一物，是这般安然，除了四季更换草木的颜色，似乎再无其他。日久年深，我时常会忘记许多过往的相逢，忘记那些有过的故事，忘记那些有情有义的人。

　　唯有骨肉亲情、生养之恩不敢忘却，不能忘却。原来我的心被搁置在山野村庄，始终不曾走出来。我可以忘却一切人生漂泊的旅程，却将旧时光的味道铭刻于心。表妹说，她去买来野兔，好好腌制晒干，待我归去，蒸了给我佐酒，岂不是佳肴美味？

　　虽至黄昏，心中却满是欢喜感动。而我要的，不仅是煮茶赏花的清淡日子，亦向往这样的烟火幸福。寻常人家的屋檐，蜡梅已有了消息；寻常岁月里，故人还在，只是各有安排，各有归属。我在外，虽不能与之相亲，倒也随缘自在，事事称心。

春景

早春的梅，已经开得无遮无拦，而我却逗留在一座小城，倦了归期。看江水苍茫，听渔舟唱晚，拾取一段王城遗梦，采得一束山间野花，不知交付于谁。年岁愈长，孤独愈深，人生故事，唯散淡清欢，唯简洁静美。

归来江南，有花有茶，是我想要的日子，内心始终有填不满的虚空，以及许多割舍不了的牵挂。心里的人一直安好，不曾离去，只是不知何时，更换了情味。又或者流年仓促，乱世急景，我们终将失去所有，只留一颗素心，余一段旧缘。

母亲病了，这个冬天她形容憔悴，神色恍然，不见往昔明净风采。看着成日卧于病榻的母亲，心生悲凉，又爱莫能助。几度见她偷偷拭泪，是对病痛的无奈，更多的是对亲人的不舍。母亲生性多愁善感，而后忧思成疾，自从三年前经历那场大病，劫后余生的她，再难恢复过往的神采。

母亲体虚，药石无效，兄长研习中医，试开了几个处方，于母亲亦无疗效。见她每顿喝上半碗稀饭，食不知味，夜不能寝，甚是忧心。她总说人生匆匆如梦，而今恰是梦醒之时，于人世，她从无贪恋富贵名利，唯盼家宅平安，亲人长聚不离。

这么多年，我孤身远离故土，既如陌上草，天上云，又似风中絮，水中萍。如今看似过上了安稳闲逸的日子，然始终无根无蒂，飘若浮烟，无有依靠，难寻归宿。这一生，无论我以哪种方式度过，终不能按照母亲的念想，如愿以偿。

原以为母亲对我的选择早已释然，从容接受。竟不知她内心深处对我有着辗转不尽的牵念。她怕我一人天涯漂泊，病无人管，老无所依，冷暖无人问。可每个人都是孤独的自己，病痛无可取代，贫富自有天定，聚散更当随缘，又有谁可依附，谁是永远？

诺言如磐石，不可更改，纵人心不变，亦有难以琢磨的情事，不可预测的将来。母亲的担忧，我又岂会不知？她之心愿，我又何尝不想成全？我当下的种种际遇，皆为命运所致，若河山有情，草木知心，定不负我山水之癖，隐者恬淡之趣。

母亲说，早知如此，当年不该随我心意，让我独行，今时隔山隔水，见一面则需一年半载。倒不如让我做个凡妇，嫁于邻镇小城，虽无富贵荣华，淡饭粗茶，但朝暮可见，胜过锦衣玉食。

年少时，我自是不甘于平凡，于乡间织布种菜，庸碌一生。多少纯净苍茫的梦，都在远方，为了心中之景，我十年流转，沧桑过尽。待一切得偿所愿，又有许多遗憾难以复加。母亲见我心性素淡，以为我厌倦红尘烟火，无意人间情爱，却不知我一生淡泊名利，不惧消长，唯独越不过的是情关。

世间一切奢华功贵，我皆不贪慕，只求早日离开江湖，修座小院，栽种梅花，安度余生。纳兰公子曾写："一生一代一双人，争教两处销魂。"我心素简，盼得遇一人一心，相依白首。茅檐竹舍，草木茵茵，煮一壶清茶，等候燕子归巢，离人返家。

过往的一切，或荣或辱，或爱或怨，或得或失，或聚或离，皆可消散，忽略不计。这看似微薄的心愿，却被尘世荆棘所牵，到底难以从容洒然。心若寒梅，冰肌玉骨，也枝节横生，不知经历几番修剪，方能平静放下，不起波澜。

这一切，年迈的母亲知或不知？纵算知，她亦不愿我孤高清冷，为世不容，于她心底，千秋功业，万般尊荣，都抵不过平淡安逸的生活。她不愿看我只身孤影，往来于热闹又冷漠的凡尘，遇上灾劫，无有依托。

都说世有知音，纵寻得知音，又岂能事事如愿？不可早一步，又不能迟一刻，就算攒下一生的运气，也未必能在恰好的时间，遇见恰好的人。要怎样深沉刻骨的爱，方可不念过往，不畏将来，和有缘之人执手相看，不问对错。

对于母亲的关爱担忧，我无力辩解，因为任何理由都不能分散她对我的挂念。当我转身决绝离她而去之时，亦是情非得已。我不敢看她哀伤的眼神，甚至没有留下任何话语，我怕泛滥成灾的泪水，淹没彼此薄弱柔软的内心。

黯然销魂，唯别而已。我知道，有一天这样的别离将是永远。此生此世，我再也见不到母亲熟悉的笑容，吃不上她亲手做的饭菜，听不见她不厌其烦的教诲。每念及此，总忍不住泪流，心有不舍，又拿什么去更换人世间的生老病死？

母亲说，安心走吧，去过属于你自己诗一样的生活。我有我割舍不下的情缘，有我不可推卸的责任，有相伴经年的文字，炉火上有煨热的茶，窗台有需要打理的花。也许有一天，我会对今日的转身心生悔意。但这一切都是宿命，在我当年选择漂泊之时，就已写好了结局。

人世割亲舍爱，本让人痛心不已，更何况我婉转心肠，多愁性情。若可以，我定然竭尽所能，了却母亲一桩心愿。如此，亦不枉费我与她今世一场母女情缘。奈何世事此消彼长，难遂人意，她要的只聚不散，终是不易。

母亲算是心胸明朗之人，她虽怀念幼时竹源故里的人情物貌，却不生执念。当年住过的老宅，早已荒废，那么多喧闹的故事，隐于竹林深处，不见旧主。想着某日于母亲故里购置良田，劈山种菊，为心中的山水留下美好的念想。

母亲仿佛全然不在意这些，她所要的，仍是家人平安，相亲相守。但我执意远离，多年的流转，让我早已习惯了寂寞。此生我便是梅庄的主人，遗世独立，在过往的隐忍中，慢慢地学会得失从容，悲喜随意。

若说报答母亲此生恩情，当是让自己风雨无惧，不悲凉，不凄楚，过得活色生香。只是，我又该如何告诉她，今生无论行至何处，去往哪里，我都会珍爱自己，不落魄潦倒，也不会贫病交加？奈何承诺如风，她不能心安，最好的方式，是遵从自己的心，坦然接受一切。

此刻窗外春色浩荡，枝上繁花喧闹，这般光景，又经得几度消磨？谁不知姹紫嫣红，良辰美景，不可辜负。昨日的不复重来，残余的美丽，怎可再轻易虚度？道理深知，然百转千回，依旧回不去当初。

镜里容颜在悄然无声地改变，许多似曾相识的情景，于眼前流过，转瞬消失。就像以往的故人，来不及道别，隐于流光深处，此生再不交集。我知道，有一日，所有的一切都将遗忘，擦去错误，不生怨念，寂寞又清白地活着。

相离虽有恨，相逢亦有期。唯愿远在故乡的父母康健平安，而我则可以安然自若于江南，喝茶赏花，甚至悄然遁世，逍遥在山野林泉。未来的路渺渺茫茫，但我不应有惧，因为人世间，一定会有那么一个人，与我前世同船共度，今生风雨随行。

飘零是归宿

　　每至黄昏，心中便莫名地慌乱。这病，此生大概是好不了了。人说，这是心病。只有我知道，这是多年漂泊落下的病。年少便独自背着行囊，飘零于世，孤独无依。如鱼饮水，冷暖自知，看罢月盈月亏，浮沉起落，对世间风物虽有情，总难免心生悲戚。

　　如今虽衣食无忧，现世安稳，荡子的病根却深种，难以更改。本是清淡女子，不愿与世相争，素日和人事亦无多瓜葛。却总在寻找一处可以搁歇灵魂的深院，一个沧海桑田之后的归宿。人世或已无良药可医，唯有把这段时间删除，或是遗忘，又或是填满。

"良辰美景奈何天，赏心乐事谁家院？"所有的风景皆由心境而生。内心姹紫嫣红，纵是世景荒凉，亦是丰盈美丽。内心简约空无，纵是花好月圆，亦形同虚设。人生缱绻，如梦似幻，所遇见的人，历经的事，又件件皆真。美景良辰，似曾有过，只是不知几时入了谁家的庭院，装扮了别人的华年。

悠悠尘海，飘零三十余载，记得来处，却不知归途。记忆如水，清凉亦简约，明澈亦模糊。我们皆为人世匆匆过客，唯有洁净的灵魂可以找到真正的归宿。青春是一场纯净的苍茫，回首过往，发生过的故事，又有多少是自己做主？

白云生外，是儿时居住的地方。那里有流水轻烟，黛瓦白墙，还有许多古老的旧物，像扣住了前世的因果。那里的人，劈山栽松，修篱种菊，春耕秋收，世代勤俭。那里山河秀丽，人情淳朴，明月清风自有一段韵致，连尘埃亦有一种风情。

外婆一生守候在村庄，安于清贫，亦享受平静。她不向往外面纷繁的世界，亦不解飘零之真意。但凡村里来了那些走街串巷的江湖艺人，或天涯戏子，外婆皆热情留客，虽是淡饭粗茶，却暖入人心。他们所求不多，白日里有个歇脚的屋檐，夜晚有个简朴的睡榻。

　　暮色四合，厅堂里点亮煤油灯，寂静亦清敞。劳作一天归来的外公，坐于桌前，温一壶老酒，与家中的客人对饮。他们感叹数载飘零的风霜孤苦，亦讲述浪迹江湖所遇的奇闻逸事。人生飘忽难测，也许有一天，他们亦会归去故里，守候旧宅，安然老去。也许依旧接受命运的安排，奔走在旅途，客死异乡。

　　后来，这些风景给了父亲和母亲。他们一如外公外婆，一生田园耕作，不曾远游。父亲尚去过县城置办药材，母亲所去之地，不过是乡村集镇。父亲一世和数百种草木为友，研习医书，济世救人。母亲则与果蔬为邻，和鸡鸭对话，俭约持家，相夫教子。

　　幼时的我坐在雕花的木楼上，听燕子传来驿路野梅的消息。在峰峦山巅，眺望远方，不曾想到，天涯之路亦会有我的浪迹萍踪。这些年只要见到炊烟，便心生恍惚，那袅袅烟雾，好似提醒我，此一生终是过客。而远方那个美丽古老的村落，有白发苍颜的母亲倚着门扉，将我等候。

　　我来到梦中的江南，过上世间许多人向往的安逸生活。每日焚香煮茶，看云赏月，栽花写字。今日种种安宁优雅，亦是多年孤影耕耘所得。有天意，亦有人为，一切皆属机缘。过往所经受的凄凉孤苦，只当作一首未曾写完的诗，草草作罢。

太湖之滨，梅园之所，锡惠旧景，皆留下我的身影风姿。这里有我前世遗留的魂魄，所以今生任凭我怎样为之牵挂，亦不算情深。无论此生是投生于乡野寒门，还是都市贵族，都一般心态。看过风景万千，最美的终究是简朴的旧物。爱过百媚千红，最好的亦只是那段素年锦时。

"戏子入画，一生天涯；舞者入曲，一生流离。"人说，这世上最卑微，最凄凉的是戏子。他们锦服丽装，在注定的故事里，演绎着别人的悲喜。而我们又何尝不是凡尘中的戏子？看似扮演着主角，实则无法真正掌握自己的命运。繁花簇拥的岁月，终有一日，不复存在，天涯归路，无人相随。

河山有情，是我们以泪浇灌；流年如风，是我们来去匆匆。我从不对人间万物轻易许下深刻的诺言，怕自己内心薄弱，终会相负，愧对众生。我亦不过是一粒游走的尘埃，在人间剧场，飘忽不定，徙转难安。

慢慢地，习惯了飘零亦是归宿。无论这世界是薄情，还是深情，皆要温柔相待。就算命运捉弄，一世居无定所，也要随遇而

安。这世上本就没有永远的安定，亦无永久的飘零。安住当下，
清简自持，悲欢离合是人生必经之事，好与不好，都会过去。

想做一个诗者，将生活吟咏成一首诗，柔情浪漫；亦想做一
名茶客，将浓浓的世味熬煮成一壶老茶，细细品尝；又或者只做
一个闲人，赏花听雨，消磨大好光阴。日子都是自己在过，浪费
与否，皆不可惜，亦不遗憾。

流光温柔亦感伤，记得所有行途中遇见的风景，亦丢失许多
美丽深情的片段。流光慵懒亦仓促，我曾在午后的阳光下打盹，
看粉尘飘落在明净的桌几上。我也曾在暮色中匆匆奔走，披星戴
月，只为赶赴下一个人生驿站。

芸芸众生，于人世间游走，皆为飘零，何曾有真正的稳妥！
不如与简约的时光相看，和草木一同修行，做良善宽容的人，不
计因果。若问归去何方，不过是归去天地，归去山水，归去云深
不知处。

抚琴轩窗下，煮茶溪桥边。亭台听昆曲，雪中泛太湖。若有
一日，当下的安逸交还给岁月，我亦不会怅惘。内心从容如流，
重新收拾柴门茅舍，种一院的梅，简衣素食，安享清贫。

——你是我今生——最美的修行——

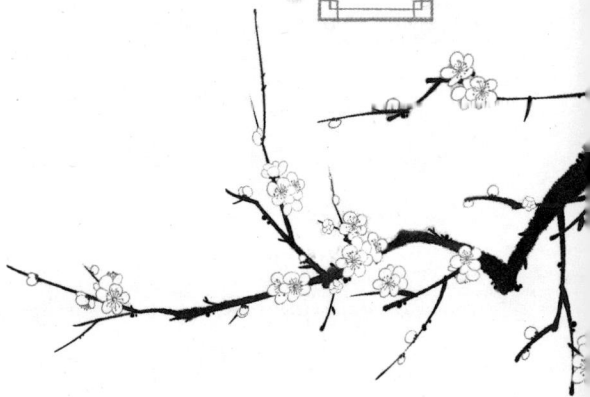

卷三 ◎ 世味煮成茶

爱是修行

人说，我字多情，人却薄情。又有人说，我字清简，人却情深。情浅情深，或许只有自己知晓。此一生，阅人无数，真正能走入内心的，又有几人？有些人，只是人生风景中的过客，尽管美丽，却终究要消逝。

曾有称骨相面的江湖术士为我批过命，说我一生注定情多，纵是千回百转，那些缘深之人终要相遇。人世聚离无定，此生情爱，有刹那惊鸿，转瞬成烟的灿烂，亦有细水长流，平静相安的淡然。

曾有人说过，做他宛若梅花的妻。只为这么一句话，便认定今生与之有一段尘缘，亦是我灵魂的归宿。执手相看，红尘做伴，最初风花雪月的柔情暖意，成为一茶一饭的简约日子。都说陪伴是最长情的告白，看四季往来，花谢花开，是否有那么一日，会熬不过平淡的流年，经不起岁月的相催？

人生是一场修行，爱亦是修行。真正的爱，是由华丽到朴素，深刻到清淡，历沧桑而不世故，经风雨而不背弃。看似漫长悠悠的一生，只几个温暖的朝夕，有情的春夏，便匆匆走过了，多少温存软语，多少举案齐眉，最后亦只是寻常的夫妻，寻常的两人。

江南的街巷，时闻卖花声。昨夜漫步小巷，月光下买了一束茉莉，归来装入青花瓷瓶，对它的美爱不释手。夜间于桌案品茗，古灯下，一切事物皆柔和静好。它们一如我的内心，简净澄明，不增不减。晚风徐徐透过古窗拂来，茉莉幽香沁入心骨，仿佛带着前世未了情缘，与我相看不厌。

世间女子皆是一株株花木。外婆便是烟雨小院的那株茉莉，素雅情怀，简净心事，与人世亲和相处，无有猜嫌。而我只做那有着梅花香气的女子，不问世情，不解风霜，安宁洁净，清白一世。

外婆将人间最朴素的爱给了外公，又将所有的温情给了子孙后辈。在我心里，她永远是那个静美妇人，或于灶台生火炒菜，或于厅堂斟酒煮茶，或于庭院织补摘花。她亦是那个民国乱世走来的女子，着盘扣短衫，始终如一。

我始终不知道母亲是哪种草木。她的聪慧，坚韧，对风雨世事的无惧和恬淡，是我此生所钦佩的。她陪伴父亲一世，无论遭遇多少波折，都不离不弃。年轻时父亲问诊，她抓药，年老时父亲卧病，她照料。一世年光，多少起落浮沉，不尽人意，到底也走过来了。

如今的母亲，已是美人迟暮，本可安享清福，却又遭逢劫数，病痛缠身。她知我一生随性散漫，爱好天然，故从不将我羁绊于身侧。我尘世飘零，山水为家，她依旧守着那方旧土，朴素修行。

与母亲相处的时间愈发短暂，每次归家总是匆匆，过尽人世离合之事。皆是性情女子，离别的依恋和不舍，令彼此肝肠寸断。我们不知道哪次别离就成了永远，有如我与外婆的那次转身，一生再不得相见。

　　也曾想着背上行囊归去故里，和庭前的燕子、门后的修竹相伴一生。还像儿时那般，嬉戏在烟雨小巷，杨柳溪畔，听母亲悠长的叫唤声，不肯归家。与父亲云崖采药，深谷伐薪，在草木繁盛的山径，悠然往来，逍遥自在。

　　此生负亲有愧，却没有可以回头的岁月。多少风雨之夜，梦里辗转，与亲人重逢，总是聚少离多。醒来之后，独自品尝寂寞，有如品味一壶浓淡相宜的茶。人生迢迢，苍茫无边，所历之事，无论是福是祸，皆要从容相待。

　　人世间的爱，有许多种，父母之情，朋友之情，恋人之情。每一种感情，都值得珍爱。与父母，在老旧的庭院里煮茶夜话，任清凉的月光流泻在瓦檐、石阶上。和三五知己，泛舟太湖烟波，共叙人生，约定好老了重温这段旧梦时光。与爱人偎依相守在合欢树下，转瞬花开花落，就过了一生。

　　今生，在潋滟流光中缓慢修行，洗尽铅华，淡漠悲喜。过往种种，终将落入时光沧海，那时候，留下的，记住的，又会是些什么？年岁越大，行囊却越空。许多人事慢慢地学会放下，遗忘，后来只剩下一些深刻的记忆，静静怀想。

静美的秋日，只想伴着时光，煮壶闲茶，抵却十年尘梦。人生如茶，我亦只想在茶的淡然中，找到一生的爱恋，以及想要的永远。只盼着桂子飘香时，可以与喜爱之人携手游园，听一段婉转昆曲；泛舟于太湖烟波，许一段山盟海誓。

秋日是多情的季节，空气中弥漫着淡淡的秋味，让人柔软亦感伤。坐于镜前，盘着简约的发髻，斜插一支镂空银簪。想起外婆每日晨起时悉心装扮，清朗的眉目，不因苍老的容颜而有丝毫的更改。

爱是修行，我们在修行中缓慢老去。无论荣华清苦，聚散悲欢，终要徐徐走过。有一天，我亦会像母亲和外婆一样，繁华瘦减，秋水迟暮。此一生历无数尘劫，遇几世宿缘，愿内心永远明净如初，不染纤尘。

慢慢地，在尘世烟火中走了出来。人世百媚千红，于我已无多少诱惑。我的世界依山临水，竹篱小院，草木清茗，似乎再无其他。简朴的日子，断了俗念凡思，简衣素食，看晓露晨光，日落烟霞。

满目山河，深红浅翠，一片清朗，宛若修行者那颗慈悲宽容的心。每个人都是岁月的过客，或仓促奔走，或闲庭信步，生命短长不一，却到底殊途同归。一切因缘际遇，世间皆有安排。我们都在听信命运的摆弄，荣枯生死早有定数，既然做不得主，便只好妥协。

今生最美的修行，便是你为茶，我为水。光阴悠然而过，连悔恨都成了多余，没有什么比一生相伴情长更值得感动，值得珍爱的了。

禅心如水

江南秋雨，落了一夜，窗外的植物一如我的心事，明净而忧伤。多少过往前尘被夜雨冲洗，不染铅华。夜间无事，闲弄花草，时光柔软亦风雅。任世间繁华来往如梭，我只愿守着静美的岁月辰光，一生一世。

焚香煮茗，栽花植草，世事不寻我，我亦不理世事。人生纷繁如戏梦，唯禅心清寂，云水无尘。有人去终南山，寻找修行道场；有人去水乡小镇，追忆似水年华；也有人去往空谷幽林，寻觅桃源仙境。

我所居之处，虽在繁华都市，亦有草木山石，小桥溪水。园内四季，阴晴雨雪，风景亦是幽静绝佳。远处的太湖梅园，有如迢迢岁月，只能隔水相望。但它们的灵气古风，弥漫于这座江南小城，不会消散。

庭院深深，不知世间冷暖，不知人生几何。焚一炉老檀，煮一壶佳茗，听一支古曲，淡远超脱，只觉尘世与尘外隔一道薄风，一切念想皆由心境而起，由心境而灭。盘膝而坐，翠水青山，云岚雾霭仿佛就在眼前，我亦减了凡骨俗胎，幻化一身仙风。

闲暇时，总会想起古刹山林，那些老僧烹茶坐禅，寂寥清修的岁月。只道佛缘深浓，方能舍弃世间荣华，割情断爱，日守淡泊，与木鱼青卷厮守一生。后读《红楼梦》，栊翠庵的妙玉在花柳繁华地，温柔富贵乡静心修行，亦有一段风流底蕴，仙灵玉骨。

犹记得外婆茹素，她从来不告诉我们缘由。多年后方从母亲那里得知，外婆是许了愿的，希望宅院平顺，家人安康。就那样过了漫长的一辈子，亦有风雨劫数，到底熬了过去。一世光阴，相夫教子，照料她喜爱的草木。

　　慢慢地，我懂得，生活就是一场修行。人生风景，处处皆有
莲开，无论是放生池中的莲，还是民间乡野的莲，都有一种情态
与风姿。尝饮烟火的莲，或是佛前禅修的莲，皆让人心生喜悦和
感动。它们在温柔悠长的岁月里，散去了许多清冷的光阴，出落
得端雅明净。

　　人生一世，不该被太多孤独、冷落所占据。所以，有时候我
愿意和自己所爱之人一起安享甜蜜与幸福。在温暖的室内，栽种
花木，煮茗谈天，彼此一个眼神，一个微笑，足以弥补多年的寂
寥与苍白。

　　窗外晴光洒落，或雨雪纷飞，皆一样的心情。一壶青梅
佳酿，几碟精致小菜，伴着似水流年，那么悠缓而过，无声
无息。后来种种过往被尘封在昨天，许多事都记不得了。爱恨
悲喜，皆同云烟，它们亦只是生命中的过客，去留无意，往来
随心。

　　佛祖坐于菩提树下，不受外界干扰，仍可化身千百亿，自在
修行，造化众生。总觉得，人与万物相处，都有其自身的方式和
规律。我对草木生情，它亦有心，仿佛前世的知己。繁花如雪，
绿意葱茏，我可以错过人世许多聚离爱怨，却不能错过花开的愉

悦，花谢的清凉。

这些年，我总有一个念想，便是寻山水灵逸之地，修筑山庄。那是一方净土，有着被世人遗忘的天然风景，那里人烟稀少，不与红尘有过多的往来。简约的庭院，栽梅植柳，古朴的桌椅，盛水煮茶。若有幸得一真心爱人，长相厮守，不惧风雨消磨，亦不问岁月短长。

偶有客人来访，取出旧岁采摘的新茶，煮一壶陈年普洱，忘记江湖所发生的一切。那些割舍不了的俗念，断绝不了的牵挂，竟在一盏茶中释然。匆匆百年，恍若烟云，还有什么让你放不下，有什么值得让你付出一生的光阴？

甘愿淡泊，并非安于宿命，是因人世荣华繁喧，最终亦还是回归简朴宁静。懂得人生不易，对万物皆宽容相待，不敢生出怨憎之心。更知晓浮华过眼，有一日所拥有的一切将淹没于历史尘埃，葬于岁月深处。

人生虚幻如梦，却又日夜真实。比如此刻，我分明闻到桂子馥郁的芬芳，从这座园林弥漫到整个城市。比如，看到楼下繁花溪桥，竹风萧萧，会心生柔情与感动。比如，这美丽的午后时光，独自煮茶冥思，看细碎的阳光，透过竹帘洒在桌子的静物上。

流光催人，我们都在缓慢地老去。倘若居于山庄，每日阳光雨露佐酒，松针竹叶煮茗，又何惧时光追赶？纵使今生不得圆梦，人生亦无有缺憾。喝茶写字，静坐修禅，便是我此生最美的福报。

无论是住红尘深处，还是居山林古刹，我都心安。相比人世的庄严，我更喜一份闲逸。也许是因幼年长于古朴村落，母亲又教我简净平和，所以爱上了寻常岁月，寻常人家。秋水斜阳，长亭漫漫，有一种与世无争的远意和安定。

我总说，若有来生，来生我便做那佛前的莲，静静地守着庙宇，听佛陀说禅，伴老僧读经，看人来人往，月圆月缺。今生所愿，则是做个平凡的女子，在绿藤爬满的墙院里，看燕子筑巢，蚂蚁搬家。一生爱恨，付与柴门巷陌，散淡炊烟。

那些回不去的时光，亦不必反复追忆，惹人神伤。且让昨日烟雨，以及民间旧事，封存在黛瓦白墙里。沧桑人事，端庄亦模糊，我们皆是落于世俗的凡人，等着缘尽，等着归去。

灯火阑珊，月色满地，连虫鸣也安静，生怕惊扰了人世。荷风吹水，桂子飘香，它们亦循季而生，依季而落。各自静心，各自安然，只愿此生功行圆满，不问地老天荒。

如水禅心，洒然悠闲。以后的日子，纵算风尘起落，我自明净如水，婉兮清扬。

花开见佛

多日来，被头疾侵扰，宅居于室内，喝茶静养，只道寻常。江南虽是暖冬，阳光晴好之日尚觉舒适。若遇雨天，或夜里不眠，受了寒气，疼痛愈发频繁。佛说，少欲，则少烦。万般病痛愁思，皆因心起，心静则不扰，亦无惊。

若我尚有贪欲，则对象便是炉火上烹煮的那壶茶了。因头疾缠身，又或许耽于尘世太久，我没有志向，对许多事物皆无喜爱。我内心慵懒亦淡泊，疏于世事人情，疏于功名富贵，疏于古物旧景，甚至疏于琴棋书画。不相忘，不相离的，永远是那盏陪我流年寂寂的茶。

有时，连庭台的花草亦懒于打理，只那么静静地看它们荣枯，不管不顾。独自煮好一壶色泽明亮的佳茗，慢慢品味，只觉内心亦如茶，清澈无尘。风雨人事不扰，纵遭逢乱世动荡亦不知，我所处的世界，茶香氤氲，草木皆安。

欠下的诗债词约，赊下的酒账茶钱，也与我毫不相关。于人间万事万物，我是洒脱不拘的，许多细节都可以忽略不计。吃亏或者被骗，也当是福，甚至对于世人的冷眼讥讽，亦不放在心上，素日里更不喜与人争，多是圆缺顺意，得失随缘。然纵是豁达明净之人，也有其不为人知的弱处，我之错过，则在情多。

前世五百年回眸，换今生一次擦肩；千年的轮回等待，只为一朵花开的时间。这世上，有人为名利，有人为情爱，有人只为一种简单的存在。有人修行千年，忍受千年孤独只为与所爱之人相逢于今世人间。有人愿为草木，只为生长在爱人的窗前，静静陪伴对方经历风霜雨雪，生老病死。

万般执念，皆因有情，刻意遗忘，不意味着未曾拥有。记住别人的过错与缺失，是对自己的惩罚，你何时放下，便何时消除烦恼。每个人都有一颗禅心，但终要经历无尽的劫难，方能好好地走过这一生。带一颗从容慈悲的心修行，可见山水，可见众生。

这几日，我总是花费十余分钟静心打坐，着素布轻衫，摘去日常佩戴的首饰，简约干净。临窗而坐，可见小园景致，木桥树影，日光水色。盘膝，思绪随着缓缓的琴音流淌，慢慢摒除杂念，内心宽阔如碧海青天。谅解别人，饶恕自己，放下念想，你所想要邂逅的风景，期许重逢的人，亦成了虚无。

你会忘记自己的年龄，忘记过往的遗憾，以及那些或悲或喜的故事，只沉浸在内心的山水里。于心里种善因，得善果，用清澈的目光看万物苍生，悠然自在。佛祖的顿悟，有时亦只是刹那，看似简短的时光，却抵过纷繁俗世的三年五载。但一切过程皆需要光阴的积累，岁月的沉淀，绝非固执地独坐枯禅。

一个人，简衣素食，如居深山。淡泊人情，物欲渐少，寂寥时煮茶听曲，悲伤时静坐参禅。始终记得，有一个地方永远是你倦累后的归处，有一个灯盏永远在黑暗中为你点亮，有一个人无论贫富永远对你不离不弃。如此，不管处顺境，还是逆境，都从容而过。

一切因缘际会，皆有安排。这世上总有不可动摇的信念，比如我对茶的深情，我对草木的痴心。但缘起缘灭，终有尽时，曾经约定好地老天荒的人，也会因世俗羁绊，而背离誓言。你认为像山河不可逆转的情爱，亦被坚定的时光慢慢摧毁。

多少傲骨，多少不屈，在现实面前，也只能萎落成尘。生命有它特定的模式，你看似改变了许多，实则徒劳。世间情爱，无有成败之分，聚散本寻常。情意缠绵虽乐，生死茫然亦苦。爱的，不爱的，拥有的，失去的，都在与你告别。直到最后一天，你又能留下什么？是平静的叹息，还是幸福的遗憾？

窗外虽是落叶凋残，却仍像山林，我喜草木繁盛，亦爱落叶空山。江南的冬，草木虽有疏减，却不会有落尽之势。我与草木之情缘，亦为人生万千修行之一，我惜之爱之。卧室的兰草、绿萝，已是年深日久地伴我晨昏，沾了佛缘灵性。

素日它们陪我听琴赏雨，喝茶写作，有我的情怀与心性。最让人心动的是，它们或许是常饮残茶剩水，因而愈发灵气逼人。草木也懂知恩，故我所打理的草木，是那般有情有义。若非顺应季节，花木开落有定，那些四季常青之草，从无枯败之意。

那年采的莲蓬，经光阴漂洗，淡了色泽，却成了瓶中一道典雅的风景。旧岁折来的梅枝，花蕾尚在，虽枯犹荣，更显其傲骨。许多微小的事物，总能碰触内心的柔软，令我为之百转千回。我与万物相处的方式，与寻常人有所不同，喜爱的，则待其如前世知己，不喜的，则不惊之扰之。

室内宜静不宜闹，宜简不宜繁，宜雅不宜俗。这里便是我人世修行道场，草木与我一起修行，亦一同尝饮凡尘烟火，浸染书香茶韵。而我便是那静若莲花的女子，铅华洗尽，禅心似水。所求之事，所爱之人，愈发地简淡，无有太多的期许，也不必付出更多的深情。

知足常乐，减少许多无端的虚妄，当知遇见的即是美好的，得不到的只作无缘。千年不过一瞬，刹那便是永恒。以往的日子，安贫乐道，后来拥有了许多，反而在夜深之时，内心空无落寞。人这一生，所寻的不是名利，亦非情爱，而是心灵的宁静和归宿。

曾经的我寄居在江南老巷某个屋檐下，写字谋生，与梅做伴。而今只作使命，文由心生，当是回报众生的恩德。我一生害怕流离失所，故此年年岁岁，守候于太湖之地，梅花故里，亦是灵山佛境。我未曾计较过得失，并将今日种种，视为与万物一起修行的果报。如若有一日要还与天地，还与山水，我亦无不舍，依旧感恩。

修行之路，很远亦很近，看似暮雪千山，江海茫茫，也只消几个黄昏。静坐雅室，用最闲淡的心，喝一壶清茶，缠绕了多年的旧疾，亦会慢慢远去。悲喜生死只在一念间，若将灾劫也当作虚幻，则是天地清朗，众生相安。

花开见佛，于凡尘中，深居简出，淡然遗世，永远洁净，永远美好。

人间花事

　　初冬的江南，依旧温和，走过漫长的雨季，阳光晴好。庭园花木绿意萧索，而梅庄的花草却无有败落之感。绿萝吊兰，皆为常青之物，数盆霜菊，在属于它们的季节绽放，清芬绝代。喜欢花草，故窗台室内，常年青红翠紫，叶舒花静。

　　此刻，我于茶房煮茶赏花，午后阳光轻落于身上，连同轻扬的粉尘，有一种无法言说的静意。琴曲婉转多情，仿佛人世风光都落于其间，耐人寻味。唐人刘长卿有诗吟："泠泠七弦上，静听松风寒。古调虽自爱，今人多不弹。"

　　自古琴者寂寥，难遇知音，那高雅平和的妙处，以及内心的百转柔情，亦无有几人懂得。那日黛玉在潇湘馆内抚琴，宝玉和妙玉恰好经过，于山子石坐着静听，只觉音调清切悲冷。妙玉说太过不能持久，果然弦断，宝玉茫然，妙玉仓促离去。之后，妙玉于禅床上静坐，入了心魔，恍惚数日。一段琴音惹来无限情思，妙玉虽洁，但尘缘未了，终陷泥淖，不得善终。

一念不生，万缘俱寂。任你人品风流，慧根深厚，然心有挂碍，亦难静悟超脱。黛玉只因她年少离亲，孤身寄人，故常有悲音。她曾说，这里的一草一木，一纸一尘，都是贾府的，如此也好，质本洁来还洁去。她走后，空留潇湘馆几竿依依翠竹，一架落满尘埃的古琴，一把锈蚀的花锄，以及一盘散落的棋。

古人说修身齐家治国平天下，可那是男儿之事，与我毫无相关。古时女子无才便是德，无有倾城之色，不妖媚妖娆，只是朴实无华，一生相夫教子，料理家事。那些冰雪聪明的女子，因知文断字，反倒移了性情，生了闲心，变得多愁善感。

我不在意自己的才情，一切性灵皆是前世带来，仿佛今生从未有过刻意的修炼。我生性爱素净清雅，不施粉黛，与人相处亦是淡然如水，不喜多有牵缠。我的文字亦简净明了，欢喜平和，再不生悲凉怨艾之叹。名利于我若云烟，来去沉浮有定，不能对我有丝毫的惊扰。

　　颜于庭台修花理草，她着简净的衣裙，模样清丽端正，当真是人比花娇，人比花贵。颜总说她前世当为一名花匠，居深宅大院，常伺人间草木，遍赏春风秋水。她说她养的花草皆与她有缘分，有灵性，如此方能交流情感。果然，梅庄的草木到底比别处雅致，纵经荣枯开谢，亦合情合理。

　　颜的容，如花草秀美嫣然，颜的心，如花草清润洁净。她性温和，即便偶有烦急，也转瞬即过，不留于心。她对喜爱的珠玉情深义重，对花草更是温柔生爱，从不生厌生嫌。人之一生，所钟情的，莫过于人，莫过于物。她虽为北方佳人，却有着南方女子的清雅温婉。有时看她，就像读一本《花间集》，不惊不艳，不远不近。

　　四季花草我皆爱，爱幽兰的柔情素心，爱茉莉的清雅绝尘，爱素菊的孤标傲世，也爱寒梅的玉骨冰肌。文人喜菖蒲，因菖蒲耐苦寒，安淡泊。夜读时，搁置一盆于案几上，吸尘养心，增添雅趣。亦爱绿萝的宽叶长藤，无论何季何时，植于尘里水中，皆不屈不挠，坚韧良善。

草木知心，有情，看似静谧无声，不解烦忧，却朝夕相陪，你不弃，它不舍。那时总期待去往遥远的地方，邂逅更多的风景，后来知道，静美的风景，就在身边。素日里喜爱把房舍打理得简净无尘，每一件物品都摆放得恰到好处，让它们有所皈依，可以安然搁置灵魂。

每至黄昏，看夕阳斜过，云霞变幻，总有一种远意，心生怅然。只觉人生如寄，纵有寄身之所，终惶恐难安。如此，一个人坐到夜幕降临，直到白日的喧嚣沉静，方觉稳妥。还记幼年日暮，几度打柴晚归，看溪山月色，心生惊惧，后行过石桥，见远处灯火点点，才知粉墙瓦屋的家就在眼前。

无论是梅庄的黄昏，还是村落的暮色，皆因有花草相伴而不那般孤寂。有时接连下半月的雨，便只守着屋子喝茶，和花草闲话。我在人世有如这花草，看似植于尘泥，却又无根无蒂。但人生亦因开合聚散，喜忧苦乐而真实有分量。

山水丽于天地，草木寄于人情，世间万物皆有无穷幽趣，令人遐思。我自是喜爱山间草木，野性中带着灵气，一如简约的日子，无有修饰，素淡天然。室内的花虽娇嫩，却也风姿绰约，亭亭玉立。我喜摘花插瓶，将清枝插于各式旧色瓷瓶陶罐，顿生雅

趣。看横斜枝影或疏或密，或曲或折，或浓或淡，知情会意，妙
不可言。

于千万人之中，遇见你所遇见的人，于百媚千红中，遇见你
想遇见的那一朵，就是缘分。任何执着的寻找，都是徒劳；任何
刻意的挽留，亦是强求。这些年，我早已学会了从容放下，心性
自是通透旷达，不拘于一城一池，也不困于一景一物。

我宁可费时尽心，去冲泡一壶佳茗，修剪残枝枯叶，也不肯
为名利虚耗片刻光阴。但心中还有执念，搁不下情爱，忘不了庭
院深深的草木，舍不下漫山遍野的梅花。又宁肯回归村落，守着
清末老宅，做个平凡妇人，往来于厅堂廊下，无流离漂泊，将日
子过得朴素情深。

当下的一切亦美好清静，我心如初，看花是花，看水是水。
我与众生无多往来，故无相欠，无辜负，无猜嫌，无委屈。我对
花木寄情交心，它们虽不懂嘘寒问暖，不会端茶递水，却能摇人
心魂，动人情思。

今日月圆，月光清澈如水，今生的缘分恰如这明月，圆缺有
时。人世渺茫无边，有忧患，有喜乐，亦这般缓慢走过。不喜之

人早已从记忆里删去，不留踪迹。若有故交，纵是远别，也当相隔不过庭台与房舍的距离，何来缺憾悲戚？

佛说，如果事与愿违，一定是另有安排。我虽尚有梦不圆，有情未了，有缘未尽，却亦是不烦不愁，不惊不惧。守着几盆开艳的花，一壶喝淡的茶，几阕闲散的词，亦是一种清欢。也罢，星疏月沉，掩灯归卧。

世味煮成茶

　　江南秋雨，一如江南的风物人情，竟也落得这般诗意，深沉。它温柔又执拗，善感又从容，它无所顾忌，就这样漫不经心地下了几天几夜，潮湿了所有的风景。令人心生喜悦，只将人世所有纷繁关于门外，而我愿和一盏清茶相敬如宾。

　　焚香，听曲，观雨，品茗，赏花，临帖……如此慵懒闲逸的时光，竟成了此生再不愿更换的方式。年华老去，已无心眷念名利富贵，更无意执着苦乐情爱，只想做个无为之人，删繁就简，清淡修行。

　　慢慢地，我把人生那盏苦茗喝成了一杯清澈的水。多少阴晴冷暖，无常聚散，今时想起，亦不过是廊檐下走过的一缕薄风。我心素净明简，似那雨过青天，不染灰尘，往日所有的辛苦仓皇，流离不安，到底过去了。

雨声渐沥，落于小院溪桥，堂前瓦当。簌簌声响，敲打宿命，无有人喧，又是这样地静。雨天的光阴，没有浮气，湿泠又静美。雨天没有故事，亦无悔意，不生哀怨，不惹悲情，和喜爱之人相处，是福分，若单身只影，孤独亦是一种美丽。

雨日除了喝茶，别无他事。我与茶的情意，如调琴瑟，相看相悦，无限清欢。茶的世界，如燕语呢喃，婉转不尽，又似渺渺空林，山河浩荡。茶可洗浮世尘埃，能解百忧千愁，能消灾除劫。它与天地万物相亲相敬，却又仅仅只是几片叶子，一壶净水。

每每喝茶，总会想起周作人写的话："喝茶当于瓦屋纸窗之下，清泉绿茶，用素雅的陶瓷茶具，同二三人共饮，得半日之闲，可抵十年的尘梦！"

淡淡几字，意境天然，如临江南小镇，古朴旧院，瓦屋纸窗。伴着一点渐渐雨声，几许萧萧竹韵，以及两三知己。茶有佳

人的柔情素心，有文人的慷慨气度，有智者的明净豁达，亦有高
士的淡泊闲远。

如今，我要的一盏茶，落于茅舍篱院，菊圃水畔，有乡野之
风，存田园之趣。我愿做那凡妇，往来于厅堂厨下，炊饭煮茶，
断绝人情是非，与凡尘不动干戈。偶有路人经过，所能给予的，
只是一碗白饭，一壶野茶，再无其他。

那时年幼，不知茶的妙处，只听闻外婆时常说起，茶是良
药，可解百毒。村里每年采来新茶，青嫩的叶子铺散在竹匾里，
晾晒于瓦当上，楼阁上，柴草堆里，待到明日晨晓，朝霞映窗，
再用文火慢慢炒茶。淡淡茶香，穿过厅堂，行至小院，随着早春
的凉风，飘向溪涧幽谷，宁静深远。

每得新茶，外婆总要用陶瓷罐子装上满满几罐，或用洁净的
油纸包好，再用细麻绳捆绑，让外公用毛笔于红纸上题字，送给
亲友。普通的野茶因外婆的有情有义而有了人情暖意。她亦喜爱
在自家庭院里泡好新茶，摆上果点，款待客人。夜色下的村庄门
庭寂静，雨后的新竹上了墙院，妙处难言。

外公好酒亦喜茶。他说酒为饮，茶则品。其一生虽落乡野村

庄，与白云泥土做伴，却爱极世间有情风物。若遇雨雪天，或年节，赋闲在家，外公便穿长衫，丁案前搦管操觚。厨下有贤妻打理好菜肴，炉上温着酒，壶里煮着茶，就这样寻常的夫妻，不是英雄美人，却叫人敬重。

父亲一生与茶亦结下不解情缘。无论打柴种地，还是下乡出诊，或者今时闲居于家，他的杯盏里永远都沏着一壶浓茶。春水秋韵，红绿相间，一如人间百味，他自是亲历亲尝。他的茶不够精致，无多风雅，却有人世之味，有寻常岁月里的冷暖情意。

父亲喜爱的那些古旧医书上对茶亦有许多注解。《本草纲目》上有关于茶的药理记载："茶苦而寒，阴中之阴，沉也，降也，最能降火。火为百病，火降则上清矣。烈火有五，火有虚实。若少壮胃健之人，心肺脾胃之火多盛，故与茶相宜。"

乡间的日子多是清闲简单的，几亩田地，几片竹林，几座茶山，几畦菜园，朴素地经营生活。除了日常所用，付与流年，所剩银钱都攒于橱柜深处，以备不时之需。虽是偏远村落，却也不乏殷实人家。村口一间古朴茶栈，偶有贩夫走卒歇脚，他们因茶缘聚，因茶缘散，来去匆匆，却有盛世之景。

陌上春光，桃红柳翠，无多伤情愁念，时有旦夕祸福，亦是吉人天相，转瞬过去了。宛若我的母亲，尘世间最美好的女子，一生勤俭持家，良善待人。她的人生坎坷多难，却始终清明浩然，淡若霜菊。虽是民间凡妇，却自有一种慷慨达观气度，不计较一城一池，不惧风雨灾难。

记得母亲坐于廊檐下缝补旧衫，桌前一碗新茶，香气宜人。手腕上那枚古旧的银镯，在细碎的阳光下光洁明亮。而母亲一袭素色白衣，朴素修身，秀美的容颜，如春风净水，那般贞静亲和。她的世界风光无际，寻常的草木亦觉有情有义。

明月松间，清泉石上，我是那竹林深处的浣女，安静婉顺，踏着月色归家。在旧庭深院里，抱薪生火，汲水煮茶，案几上洁净的碗盏，一如安定的人生。月色竹影，星光水气，人世多少繁华，皆抵不过此刻的静谧。

都说喝茶解乏，无有睡意，我则偏爱那雨声，好似琴曲笛韵，轻扬婉转。解衣睡下，枕雨而眠，内心清醒，却无哀思，不落悲戚。窗外的草木事物皆清润干净，而我有一处遮风避雨的归所，便觉山河慈悲，心宽身安。果然，辗转睡去，天地明澈，梦也没有。

以往的岁月，我孤身于江湖，飘然若尘，多有离愁悲情，忧伤惊惧。而今，遇事从容，不论窗外乱世浮烟，我自是散淡闲人。焚一炉香，赏几件新得的器物，安然自喜。坐于瓶花下，人比花低，茶烟袅袅，伴着日色风影，像个新妇，端丽静好。

柳永词吟："忍把浮名，换了浅斟低唱。"我当是不爱功名利禄，不喜万象纷纭的，只守着山庄别院，种梅煮茗，荒废光阴。我本佳人，年华尚好，只觉人世可亲的仍是自然山水，草木风月。今生或许不够华丽，却是要远离伤害烦恼，唯留喜乐平安。

茶看似情深，与众生相亲，然浓淡有序，离合无关，得失随缘。一杯清茗，淡雅幽香，草木韵味，可赢取人心。慢慢地，在一盏舒卷的茶叶中，淡忘荣辱，不计浮沉。过往的尘埃，以及发生的故事，就这样被淹没了，了无痕迹。

秋色霜天，寂然如水，沏一壶茶，对于昨日种种有愧疚，也有亏欠。这盏茶，伴我红尘清欢，误我浮生多年。人生聚散自有天定，千古兴亡沧桑，亦可释怀解意，平静止息。

　　茶淡茶凉，只消一炉香的光景，于我好似过尽一生一世。斜斜花影下，我不娇不媚，端然柔和，尘海飘零，竟是毫发无伤。往事经年，一如这杯茶，覆水难收，却心生悲悯，欢喜自在。

晚来天欲雪

听说北方下雪了，大雪纷飞于北方的旧都，仿佛惊醒了古都千年的往事。一场纯净的白雪，覆盖了长安城的沧桑，遮掩了昔日的繁华，以及古道上飞扬的尘埃，还有过往那场停息已久的历史硝烟。

千年城墙依旧，楼阁殿宇依旧，古刹庙宇还在，只有瓦檐的雪记得那些逝去王朝所发生的故事，所享有的无上尊荣。唐人白居易有诗："绿蚁新醅酒，红泥小火炉。晚来天欲雪，能饮一杯无？"有人梦断长安，有人梦圆长安，但皆是他们的事，与我毫无相干。

北方的雪总是比江南的雪要早上那么些时日，下得那么随心所欲。对于这场行将到来的南方初雪，我心存期待。我生于江南一个偏远的村落，历史的烟尘，帝都的苍凉，于我实在太过遥远，无有亲近。而雪与我却恍若故交，幼时每年都能逢上几场纷纷大雪，琼玉之影，恰如美人。

南方的雪，一如南方的风物人情，婉转轻灵，曼妙多姿。它不够铺天盖地，却纤细柔美，不够大气庄重，却素雅秀丽。这些年，江南的雪有些意兴阑珊，心事浮动。有时夜晚悄然来袭，趁你睡梦中匆匆来去，不留片影飞花。兴致好时，在一个清冷的午后不约而至，却碎如飘絮，惹人情肠。

比如此刻，窗外细雨纷飞，夹着几片素净的白雪，时有时无，飘落水中，转瞬不见。南方的雪就是这样，多情似无情，来时漫不经心，去时无有挂碍。可我对雪的情结一如往昔，深情难掩。期待某个向晚的黄昏，它会姗姗而来，让我一睹久别的容颜，是否秀美依旧。

日子清简无波，我亦是删去繁复，深居简出。闲时收拾屋舍，打理花木，看每一种物件搁置得恰到好处，不扰不惊。或喝壶淡茶，画几枝老梅，又或是焚香静坐，看小窗微雨飞花，云敛日落。

许多的事，许多的人，淡出我的生活。我甚至恍惚，过往和谁有过交集，又和谁有过聚散。又企盼那些人从未经过我的时光，甚至与我连擦肩的机遇都未曾有过。如此便可以做空无的自己，像雪一样，清白素净，世事不染。

人世的繁华沧桑，荣枯冷暖，离合幻灭，皆在这浅浅的流光中缓慢而去。我们亦在清俭的日子里浑然不觉地经历生老病死，纵有难舍遗憾，终不可挽留。四季流转，花开花谢，叶荣叶枯，只好从容经过，连道别都是多余的。

人生至简，就连以往的闲愁也都忘记。唯独对雪的记忆始终清晰，它看似离我很远，又年年相逢，不改旧情。漫漫三十载，多少繁复记忆皆已删去，只取一小段简单的时光，偶然回味它的美，它的真。宁可将光阴虚度在一炉香里，一曲琴音中，也不肯落于纷乱世事，费神衬景。

我的梅庄小院，木桥流水，草木繁盛，亦是别有洞天。待初雪来时，邀约三两知己，围炉煮茶，闲话古今，当为人生乐事。或是独自静坐，看雪落人间，静美中带着禅意。又或是带着小小

女儿，于雪中漫步，折梅插瓶，装点茶室，润色心情。归来时，
拂去衣衫上的絮雪，烤火取暖，喝茶吃果子，有情有义。

那日大观园，亦是大雪纷飞。因栊翠庵的红梅开得繁盛，宝
玉应李纨之请，去折一枝来插瓶，并寄诗一首。"酒未开樽句未
裁，寻春问腊到蓬莱。不求大士瓶中露，为乞嫦娥槛外梅。入世
冷挑红雪去，离尘香割紫云来。槎牙谁惜诗肩瘦，衣上犹沾佛院
苔。"妙玉自是修行之人，她所居的庵庙好似蓬莱仙境，无有喧
嚣。大观园的女儿，则在芦雪庵中赏雪烤鹿肉，即景联句，无限
欢愉。

如此良辰佳景，赏心悦事，都不及我内心深处的那场朴素而
纯净的雪。我所残余的记忆和温暖则永远封存在那个古老的小村
庄。回首前尘，粉墙黛瓦，柴门长巷，庭院天井，连同看不到
尽头的远山田野，丛林荒径，皆被白雪覆盖。疏疏密密，无声
无息。

外公披着厚厚的长袍，在桌案前读几卷古书。外婆于一侧的
炉火旁，温着热茶，缝补旧衫。父亲最是辛苦，时常于雪夜背着
药箱下乡出诊。茫茫黑夜，积雪荒芜了深山小径，他孤独的身影
不知隐于何处人家。母亲在昏暗的煤油灯下，不眠不休地守候，

唯有看见父亲平安归来，她方能心安。

辛勤耕耘一年的父母，在年关将至之时，细数银钱，商量需置办的年货。父亲忠厚，母亲心善，许多就诊的村人所赊欠的陈年老账，总是草草了之。他们素日简约用度，节余的碎钱藏于樟木箱里，以备不时之需。俗世日子朴实有情，看似平淡微小的片段，落于心底，此生再不能忘却。

我于睡梦中辗转醒来，听他们细语，透过雕花的老窗，看天井的雪花漫天飞舞，惊鸿照影，妙不可言。期待着明日晨起，大雪封山，可以邀上邻伴，于雪中嬉戏玩闹。摘瓦檐上垂下的冰凌，盛梅枝上的雪煮甜汤，或与家人围炉烤火，听他们讲述远去的故事。

盛世锦年，众生皆是丰衣足食，来一场瑞雪，当是添些情致和雅趣。颜说，寒冬时日当围炉取暖，以慰风尘寂寥凉薄。世间万物看似欲求无尽，实则无所求。当随了流年，闲庭信步，须知人生唯平安简约方可喜乐。

"晚来天欲雪，能饮一杯无？"又或者，这冰寒之日需温一壶滚烫的酒，才能真正地释怀解意，笑傲平生。不去管来年会有谁伴你携手天涯，谁是你情的归宿，谁又能给你一个过尽沧海桑田，已然安稳的家。

今岁江南，有雪或是无雪，我皆一样心肠，只作故人，情意不减，相逢终有期。一如那枝素梅，暗香疏影，植于我心，无有季节年岁，永远盛开，不落不谢。

遇见更好的自己

　　头疾犯了，疼痛铺天盖地而来，令我百般无奈。病时竟连素日喜爱的茶亦被搁置一旁，无有功效。不梳妆打扮，不焚香煮茶，也不赏花听雨，只静躺榻上，一盏青灯，忍受病痛熬煎。

　　病时唯有一愿，愿余生无灾无痛，喜乐平安。纵是万千荣华亦无心享用，抵不过粗茶淡饭的清简安逸。这世上唯生老病死不可替代，万般苦难都要自己亲历亲尝。但仍旧盼着有那么一个人，可以端茶递药，嘘寒问暖。如此，又是否可以抵消一些疼痛，断绝一些孤苦？

　　其实，人总要习惯寂寞，不是所有光阴、一切风景，都有人相伴相陪的。任何时候都要允许别人转身，曾经并肩而行的人，慢慢就散了。并非无情，每个人都有其自身的使命，有需要续写与偿还的前缘旧债。是的，你有你的山高水长，我有我的月小眉弯。此生只是有过这样一段交集，之后又成了陌路。

"一生至少该有一次，为了某个人而忘了自己，不求有结果，不求同行，不求曾经拥有，甚至不求你爱我，只求在我最美的年华里，遇到你。"这些都是年轻时候说的话，后来便再也生不出如此勇气。也是，一生原该只有那么一次，为某个人而忘了自己，然正是有过这样美丽的相逢，才能遇见更好的自己。

人的一生都是在孤独中度过的，就算一路有人同行，也未必可以走进灵魂深处，与你冷暖相知。纵算如此，依旧要修身克己，于烟火世俗中，让自己做一个简净的人。裁剪多余的枝节，洗去往日的浮尘，删去繁复的记忆，人情世事恰如静水空山，不雕琢，不刻意，自然便好。

人生如寄，飘忽若尘。这一生到底有几个故乡？是那落叶归根之所，还是灵魂的归宿？跋山涉水，披星戴月，一世修行，只为遇见更好的自己。年华好时，我乘风而去，踏雪寻梅，只为留存于衣袖间的淡淡幽香。如今淡了心性，则寄身梅庄，琴茶诗酒，不必迎合谁，只听从于自己的心。

时常想起胡兰成的话，他是这样说张爱玲的。"张爱玲是民国世界的临水照花人。看她的文章，只觉得她什么都晓得，其实她却世事经历得很少，但是这个时代的一切自会来与她交涉。"但张爱玲到底是高傲孤冷的，民国世界才女万千，唯独她总令我心惊。

而颜亦曾说过相似话语。她知我不肯过于入世，凡事适可而止，无须尽善尽美。我自不理人情琐事，内心却通透明净，不争论，不计较。这个时代的一切，与我交涉也好，不相干也罢，我都以寻常心相待。天地万物有起落荣枯，我无须掌控许多，只在属于自己的小小世界里，看日月山河，人情物意。

沉浸于文字里的人，灵魂更为寂寞。纵算与世俗同生共死，写出众生喜爱的文字，最终也填不满内心的寂寥与荒芜。一个太过清醒的人，更是注定孤独的，张爱玲知晓那个时代的一切，然而却在流离中不断地寻找宿命的皈依。直到离群索居，烟火过尽，她也只是为了遇见最初的自己。

这世上抛弃虚名浮利的人也许很多，看破红尘情事的人则很少。我此生亦是落于情网，不得脱身，虽知情如朝露，虚无缥缈，终难放下。近几年淡泊世事，每至湖山幽处总生隐世之心。逢茶馆酒铺，便吃茶饮酒，唯愿风花雪月，虚度光阴。

此生以字谋生，省略许多繁复的人情世故，亦节省出许多时光。不入仕途，不做商贩，只守着这份散淡，侍花弄月，煮字疗饥，是闲逸，也容易让人困入迷津。有时想着，世间因缘际遇，妙不可言，今生我为文人，前世定然是个寻常凡妇，在厅堂厨下，打理流年烟火。

而今我是个闲人，于庭院料理花草，于厅堂缝补玉扣，于茶室煮茗抚琴，于书斋蘸墨挥毫。倘若哪一天连文字也丢下了，是否从此可以彻底放下尘念俗虑，归隐山林，无须与世往来？那时，餐食落英，畅饮清泉，头疾亦当不治而愈。

始终觉得，不施粉黛，洗尽铅华的那个女子，当是最好的自己。可到底不够简净，心有所牵，无论是情，还是物，总难以放下。茶架上的一把梅花紫砂壶，案几上那只民国的铜香炉，书柜里几册老旧的线装书，木箱里的各式精美珠玉，种种静物，皆是割舍不下。

这算不算是一种我执？素日喜爱洁净，无事时一个人慢慢整理屋舍，将物件摆放齐整，擦桌上的尘。而后再静下来，素手焚香，煮一壶好茶，静听光阴流走的声音。这是我此生所得的福报，每一盏茶以及茶的时光，我都倍加珍爱，不愿辜负。

年关将至，收拾物件归乡探望父母，亦是诸多行囊，不肯删繁就简。自小为求学，远离故土，对父母甚多挂念，又似乎亲情缘薄。如今日子安稳，也不肯承欢膝下，习惯孤身一人漂泊江湖，不被沉重的爱捆缚。虽知与父母的情缘只有一世，又终不愿舍弃当下的清静，我亦属自私之人。

多想淡泊世外，割舍物欲，将自己放逐到遥远的天涯，只要父母余生平安康乐即好。如此空荡荡的一个人，纵有一天丢失所有，依旧如明月清风，来去自在。择山温水软之所，静心修行，栽菜采莲，炒茶种菊，岂不快哉？

想当年，白居易遣散侍妾，变卖良驹，也是繁华落尽，不愿牵怀。我又何尝不可变卖我的藏物，散尽家财？也许空无一物时，方能遇见最好的自己，那么清澈、明净如水的自己。

可我始终想着，是否有那么一个人，陪我一同走过唐宋元明清，有着累生累世的缘分。那么，在湖山云水之间，亦可相依相守。就这么纯粹的两个人，无牵无碍，妙不可言。有日常，有烟火，有草木欢喜，有恩爱情深。

卷四◎小茶的前世今生

——你是我今生——最美的修行——

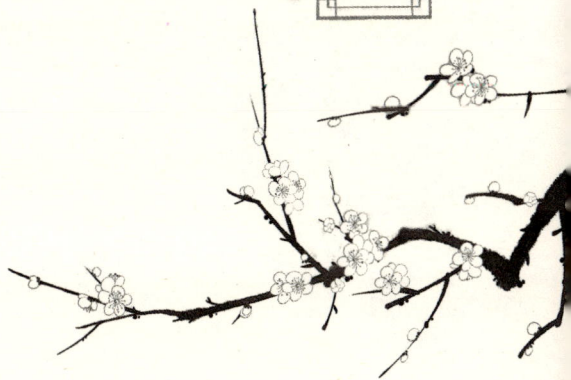

前世今生

我的茶，落烟雨江南，眉目如画；居梅亭柳畔，素淡天然。

我的茶，非世间凡花俗草，她有佛缘，通性灵，知情味。

她是茶，无论是植仙山云崖，还是处浮世尘海，皆雅逸清新，沉静洒然。

她是茶，经岁月漂洗，受时光熬煮，终湛湛清明，落落无尘。

——题记

雨日无事，焚香喝茶，光阴细碎无痕，却又简静明澈。窗台上的菊花枝影横斜，不见旧时颜色，亦无往日光彩。我的妙年竟也这般不经意地走过了，昨天仿佛还是那柳荫下折花扑蝶的小女孩，今日则于窗影下对镜细数新生的白发。

世间万物，荣枯有定，一如缘分，离合有天意。古语云：人无千日好，花无百日红。花有重开日，人无再少年。这也是以往外婆时常说的话，那时不解，如今尝罢世味，却是刻骨惊心。外婆离尘几载，渺渺黄泉，天人永隔，她或投胎转世，或幻化为花神，当有她的造化。今时再忆当年光景，已无悲戚，亦不惆怅，只觉时光往来有序，生死寻常。

一如我的茶，她无意闯入我的生活，亦是这般合情合理，欢喜难言。我总说，她的前世定然是一株茶树，今生方为茶。然而，她果真成了我的茶，一个灵秀静美、俏丽生动的小女孩。

我一生喜诗书琴画，爱山水草木，日常离不开的始终是那盏茶。我给她取名小茶。后来，她用稚嫩的声音与人言说："我是一株茶树，母亲大人采折一枝，插进佛前的花瓶，就长成了一个小小的我。"

茶唤我母亲大人，或许是某天她从电视剧里所学的称谓，便再不愿更改。茶喜听曲跳舞，爱喝茶赏花，又好玩珠弄玉，我不曾刻意教导，一切自然随性。茶是妙人，粉雕玉琢，秀丽灵气，温顺中带几分倔强，内敛中又含几许洒逸。她就是这样美丽的小女孩，居江南寻常的百姓人家，陪我一起尝饮凡尘烟火。

茶是幸运的，我亦是幸运的，因为她有我，我有她。她的一切福报皆因她的冰雪聪明，以及她与生俱来的佛缘。我总说她是茶，清澈明净，经得起岁月的熬煮，也受得了时光的沉淀。她聚时喜悦欢愉，别后从容淡然，我多年的修行竟不及她。

茶进书院了，虽是幼儿园，于她却是人生真正开始入尘经世。记得幼时进书院，母亲为我备好书包纸笔，新衣红裙，立厅堂行入世之礼。阳光静静洒落在天井廊檐，墙院闻得喜鹊的消息。不过是乡村书院，所学所识，简易浅薄。更多的时光则是于草地游玩，溪边嬉戏，戏台下捉迷藏。

应该说，母亲是我幼时最好的先生。她给我读小人书，说与我戏文里的故事，教我温和懂礼，简静安然。她给我剪齐眉刘海，梳光洁的小辫，量体裁衣，织布纳鞋。我亦是她的小小帮手，她于灶前煮饭炒菜，我生火添柴；她于廊下缝补旧衫，我穿引针线；她去菜园打理果蔬，我拔草采莲。

如今，我成了茶的启蒙老师。我在书房读书写字，她则掩门离开，安静待于厅堂，自娱自乐；我于茶房焚香品茗，她则是小小茶童，为我斟茶；我焚香祈愿，她跪蒲拜佛；我抚琴吟曲，她伴舞呢喃；我忧思叹息，她解闷逗乐；我伤怀落泪，她则情深相待，宽怀贴心。

茶说："母亲大人，你不要伤心，我说了，会陪着你，永远不会离开你。"虽是小小年岁，却好似美人盟誓，让人如临春风陌上，坦然心安。每当我彷徨失措时，茶用她的小手握紧我，让我感知她的温度，她的情意，她的相伴相依。

我当真算不得是个称职的母亲，甚至太过自私随性，却又分明与她那样地亲。我每日为她沐浴更衣，叠被铺床，亦教她品茶认花，偶有闲暇，做可口饭菜，伴她晨晓日落。更多的时候则是独自于书房耕耘，静坐冥思，对其不管不顾，听之任之。

茶于我的冷漠，亦是习以为常，对我体贴柔顺，不恼不怨。她内心的强大恬淡，宛若花落花开，月圆月亏，自然平和，福祸皆喜。多年人世漂泊，令我多愁多思，每至黄昏，心病发作，于窗前蹙眉伤神，茶却知人心意，温暖相陪，不多言语。

茶与我相似，喜齐整干净，案几橱柜摆放有序，衣裙上纤尘不染。她穿古风汉服，恍若穿越而来的出尘仙子。着民国裙衫，花色旗袍，模样雅致，又如从烟雨小巷缓缓走来的丽人。就是这样一个小小人儿，世间万千纷繁，不落于她身。她无烦恼忧

愁，不知寂寞孤单，更不解世事人情，守着她的明净天地，笑逐
颜开。

茶有个古典的首饰盒，金镯玉簪伴随她的年岁，由少至多。
如此凡尘俗物，于她却是华丽静雅，古韵天然。饰物有情，它们
与主人的缘分以及藏隐在背后的故事，往往令人心生感动。茶的
金锁，茶的玉壶，茶的银镯，慢慢通了灵性，与之莫失莫忘，不
离不舍。

茶有时亦性情烦急，蛮横无理，哭闹不停，惹我恼怒。我气
极时，训斥于她，之后她又安静乖巧，楚楚可怜的模样，让我羞
愧难当，生出无限歉意。想起她诸多的好，我后悔莫及，默默落
泪，她竟是出言安慰，偎依在我怀里，娇声细语，让人爱怜。

茶会察言观色，我所思所想，她都懂，真的懂。她眼眸清
澈，照见我的身影，我与她缘定今生，宿命相关。纵有一天她要
离开，赶赴她的人生旅程，亦是彼此永远的牵挂。若可以，我
种满山的茶，待到采茶之季，她会归家，与我庭院煮茗，西窗
夜话。

杜丽娘说："可知我常一生爱好是天然。"我对茶素日虽有

教导，盼她端庄贞静，亭亭玉立。却从不苛刻为难，执意熏染，她本天然之姿，落落大方，何须雕琢？我亦是散淡之人，花草心性，愿此生远避尘嚣，长伴林泉，又怎肯为谁修改波澜？

我想着，若干年后，我终是要归隐梅庄，与她遥世相隔。以她性情，必然会端然于红尘，自在洒逸，不牵于情，不困于恨。若遇劫数灾难，亦会逢凶化吉，需要我时，便往庭院小住，喝一壶闲茶，说一些远去经年的话。而后，她依旧做她自己，于车水马龙的闹市里，自生从容。

茶说，她爱读我写的字，此刻，我便教她念我的诗。"我有一座庭院，前院栽花，后院煮茶。光阴铺满石阶，闲情挂在窗下。我有一座庭院，白色的墙，黛色的瓦。晨晓时扫一地的叶，黄昏后摘漫天的霞。我有一座庭院，蓄半池雨，晒一席月。烟火中做一场悠悠尘梦，绿荫下悄悄送走年华。我有一座庭院，梅花傲雪，柳枝抽芽。那年的你还在天涯，今岁已归返旧时家。"

读罢，彼此会心一笑，胜过万语千言。她的声音，稚嫩清甜，婉转动听。她三岁之龄，或许未知诗中之意，却是懂我情怀。茶是有慧根的女孩，说的许多话，总是出乎意料，但我又相信，她生来该是如此，不同凡响。

以后的日子，愿她喜乐无忧，有花有茶。愿她如那株植于山林云崖的茶树，历风雨世事，仍坚韧不屈。愿她安然成长，一世平宁，栖居南方，无灾无难。

茶说，母亲大人，又下雨了，我去打水，你来泡茶，然后我们一起喝茶吧。看着她转身而去的背影，裙摆走过留下的凉风，以及孩童身上独有的气息，我忽然觉得，她是落于凡尘的精灵。她是我最喜爱的那盏茶，是我今生最美的修行。

起名小茶

茶，一捧绿叶，一壶沸水，便有了滋味和生命。茶原本只是一种平凡的植物，不解人世悲喜，是众生赋予了它灵魂，让它有了故事，有了情感。人生就是一壶茶，冷暖交织，浓淡相宜。仿佛有了这壶茶，日子才过得有分量，才深稳真实。

一生心事，付与佳茗。是缘，是命，是无法诠释的因，是不必问询的果。寻常时日，无论冷暖晴雨，聚散悲喜，皆泡一盏清茶，独自慢饮。而茶亦随了气候、心情以及温度，有了百般滋味，千种风情。

曾几何时，为谋生计，奔走于红尘乱世，无闲暇，亦无品茶的心境。那时的茶，虽有香气，亦甘甜，却少了几分诗情，几许娴雅。后来，岁序静好，竟发觉一梦十年，已将年华虚度。

茶有了光阴的气息，亦有了人世的况味。对于不同气质与心性的人而言，茶亦有不同的味道，甘甜和苦乐，皆自己亲尝。如今，我的茶过尽红尘悲欢，多了一份安逸与淡然。它也许还有一丝残余的苦涩，更多的则是兰草气息，梅花风骨。

茶有佛缘，这是命定之事，不容许我有丝毫的质疑和猜想。茶的前世，当为佛前放生池中的莲，只因贪恋红尘的一点烟火，误成凡胎俗骨，与我在这苍茫人世，结下一段生死之缘。

茶是我生命中的意外，后来成了惊喜。不曾雕琢，不曾修饰，她便成了今日模样，漂亮、聪慧亦灵巧。都说腹有诗书气自华，或许是在这简短的时光里，她随我沾染了几许书香与茶韵。茶的身上多了她这个年龄少有的曼妙与气度。

许多时候，茶像个精灵，不知从何处穿越而来，亦不知会穿越去何处。她有着与其年岁不相匹配的情怀与雅量，亦有着寻常孩童的烂漫和童真。她穿小小旗袍，明亮清澈的眼睛里找寻不到一丝凡尘气息，却又似乎能读懂我眼中的沧桑故事。

　　有时觉得她是某个不知名的朝代遗落的一盏茶，古风古韵，历久弥香。有时又觉得她来自民国乱世，等过一场天青色的烟雨，在渡口与我相遇。我无法确定，前世或者某一世是否与她有过交集，却深刻地知道，今生再无法与之分离。

　　茶生于江南，有着江南小女孩的玲珑秀丽，明净婉约。她善歌舞，喜音律，爱诗文，更钟情于杯盏中的茶水。她抓周，小小的手捧着一把精致的梅花茶壶，似有久别重逢之感。从那以后，我更认定，她就是茶，如她的名字一般，简约出尘。

　　茶着古韵裙衫，娇俏明艳，像一朵开在深宅院落里的茶花。她的颜色应该是红，只有这醒目的色调，方配得起她的端然。上苍对人间女子似乎早有安排，它把一世的洁白给了素净的我，留下一抹明丽给了茶。而这颜色落于她身上，又仿佛恰到好处，不浮华，亦不张扬。

　　她时而像江南小院晨晓里盛下的一杯山茶花的清露，时而又像月色柳梢下一盏有了年岁的普洱。茶，是的，她真的就像是一壶茶，虽尚未经世，竟那般从容淡泊，仿佛可以预知未来，通晓世事。

见过茶的人，都误以为她是穿越而来的，有一种似曾相识的亲切，让人心生喜爱。她的美与寻常孩子不同，不够稚嫩，亦不惊鸿，却总让人赞叹不已。后来，他们便一致认为，茶长大成人，定然出落得亭亭玉立。

茶乖巧可爱，极少哭闹，性情自在天然。她偶尔惹我气恼，只消瞬间，便被她的话语打动，内心随之柔软。我对她的宠爱，并不流露太多，许多时候是随她自己喜好。有时真切地疼惜，会让她惊喜异常，偶然的责备，亦会令她倍觉委屈。

茶说，她会一直陪伴我，永不离开。她能够在我落寞之时，读出我眼中的寂寥和悲伤。她会踮起脚尖，为我拭泪，抚摸我的头发，亲吻我的脸颊。我与茶今世有着解不开的情结，注定了这场缘分，注定要相依为命。

茶喜听梵音，爱闻檀香，初次带她去寺院，便长跪蒲团，与佛祖好似心意相通。那时的她，尚不通多少言语，只用她明澈的眼眸告诉我，她佛缘至深。犹记得，走出寺庙时，小小的她竟频频回首，冥冥中似在做出某种召唤。其间的因果，我亦不解，但我知，她曾是佛前之物，今生为茶。

后来，她同我一般，喜好盘膝静坐。听闻我吟潺潺流水，明月清风之词句，似懂非懂。于清晨，于黄昏，于烟雨之日，于白云之间，茶煞有介事地坐着，开始她的人世修行。婉转清扬的琴曲，杯盏中的袅袅茶雾，更添几许韵致。我给她讲述伯牙子期的故事，她竟说做我高山流水的知音。

这就是茶，总会在不经意时，道出惊人话语。让我一次又一次认定她是佛陀转世，今生伴我红尘陌上，护我平安周全。有时，我竟觉得自己三十载的人生历程，不及她一句寻常话语，一个刹那转身。

慢慢地，我把这一切当作缘。她是茶，有她不凡的气韵和味道，淡然于世，不将谁等候，亦不为谁停留。有一天，她会长大，与所有平常人一样，经历聚散离合，爱恨情怨。她或许会常伴我左右，为我焚香煮茶，或许会离我而去，留下一个美丽的背影。

以后的漫漫人生，茶只做她自己，我无须给予她太多，亦不期待她的回报。愿她一世如茶，明净澄澈，从容无争。

黄昏暮色，西风斜阳，每逢秋天，总会心生感慨与忧思。此

刻的茶，偎依在我怀里，乖巧温柔，玩弄我的长发，眼中带着柔
情与爱意。

　　窗外，凉风拂过，桂子的清香沁人心骨。茶与我相视一笑，
只说："好香，真的好香。"而茶不是一片绿叶，也不是一盏香
茗。她分明是我那刚满两岁半的小小女儿。她是茶，她的名字叫
小茶。

茶囡囡

光阴在窗外徘徊，花枝风影，若有若无。茶说，太阳累了，所以云就来了，雨便落了。而我如梦初觉，多年修行，竟不及她的碎言片语。她的世界如茶清澈，无暝色荒愁，淡然悠远。

茶是我的小小女儿，三岁之龄，却好似已伴我走过万水千山。我和茶有过春日遍赏璀璨花事的欢愉，有夏日采荷观月的静好，有秋日赏菊吃蟹的雅兴，有冬日折梅问雪的闲趣。我们一起游过湖，踏过月，煮过茶，折过花。我写字，她静坐一旁，笑容可人。我描眉，她偷尝胭脂，给自己抹上凌乱的妆容。

茶说，她是红尘第一乖囡。囡是苏南、浙江、上海等吴语之地对小孩的昵称。后来，她便有了一个可爱的小名，茶囡囡。茶乖巧灵气，聪慧过人，她懂察言观色，解你内心百转情肠。我希望她有着孩子的烂漫童真，故平日对她从不过于严格，一切皆随她心性喜好，无多惊扰。

茶的世界像春阳下似雪的梨花，若雨后优雅的清风，明朗干净，不染纤尘。她心目中的一切都是美的，都是昼长人静的好日子。她闻风听雨，赏花望月，读书作画，或沉浸于她自己的天地里，和一堆玩具嬉戏玩乐。

茶说，母亲大人，你以后别不开心了，你这么美，应该开心的。茶爱美，四季皆着裙衫，洁白素净。纵是寻常居家，她亦要穿戴齐整，不肯随意。茶应该算是个古典美人，爱穿汉服、旗袍，喜戴手镯，簪木钗。茶的美，是天然之姿，不加修饰，加之素日被茶香书韵熏染，愈发玲珑剔透，清雅动人。

茶的一眸一笑，举手投足，皆有趣味，皆是美好。她总能不经意地感染你，让你觉得眼里心里就装着这么一个小小的孩子。人世多少风光，皆落于她身，又恰似下过的一场花雨，不着痕迹。她虽不经世，却让你觉得，她就是这烟火中的人，在这温柔的人间，与你同桌同食，同修同好。

茶说，母亲大人，我是你从树上摘下来的一枝茶花，被养在佛前的净瓶里，慢慢长大，就成了一个茶囡囡。当然，这是颜教她的话，只一遍，她便铭记于心，再不遗忘。她果真是一朵白茶花，清澈的眼眸，宛若一盏清露，看罢便可洗尽内心所有尘埃。仿佛你同她一般，刚入凡尘，又与这人世亲密无间，好处难言。

茶多情良善，对她所见之物，所见之人，皆有莫名的喜爱。她的爱，似山河大地，宽阔无边，又不拘于一草一木，不沾一尘一土。见过茶的人，都对她生欢喜心，她亦亲和待人。转身之后，你或许对她念念不忘，而她已是流水无情，再不相扰。

茶喜诗词，虽不识字，记性却极好。素口教她的诗文，她皆记得，她用软糯的语调，有意无意读上那么几句，讨你欢心。孤单时，一个人坐于琴旁，不识音律的她，随意拨弄琴弦，歌不成歌，调不成调，惹人怜爱。

平日里，我多是沉浸于自己的世界，或焚香静坐，或低眉书写，或听曲冥思。她知我写书不易，喜清静，怕烦喧，便一人独自玩耍，不多扰乱。有时亦会攀爬于我肩上，或依偎于我怀中撒娇，半晌工夫，便识趣离开，我亦不留。好几次时间久了，不见其身影，起身去厅堂探之，见小小的她睡于榻上，或地板上，顿时心疼难安，泪眼迷离。

我对茶无有千恩万宠，甚至连寻常的关爱亦很少，心有歉意，却又不肯依从。但她对我万般怜惜，温暖相陪，伴我流年寂寞。茶有时会到我书房来，在我耳畔低声说，母亲大人，你放心，我永远不会离开你的，你说什么，我就做什么。

我瞬间泪流满面，她痴痴凝视，为我取来纸巾擦泪。细声说，母亲大人，以后我们要笑，不要哭。她的话总是那么妥帖，落于你柔软的心底。那时只觉世间万物皆可舍弃，唯留这片刻温情。

可茶又分明爱哭，有时为一件微小的事，她便无理哭闹，令人心烦。她喜我疼爱，我的责备或漠视，她都当作不爱，心生委屈。茶亦有小性子，缺乏安全感，看似独立，实则内心依赖，但到底坚韧，让我心安。她的脾性烦急，闹腾一番，转瞬知错，如雨过天晴，什么事也没发生。

我告诉她，相由心生，境随心转。她当真是个通透之人，睁着明亮的大眼睛，笑意清甜，可爱至极。但她毕竟只是个孩子，时常将我的教诲转身即忘，依旧我行我素，我只当是她的天然本性，假装糊涂，不多干涉。

茶病时亦乖巧懂事，夜里高烧不退，服药即安。她无须我不眠不休照料，甚至几度催促我歇息，怕我因失眠再犯头疼。次日起来，带着病体，照常玩乐，不让你忧心。疲倦了，则安静坐于身侧，陪我喝茶，听我讲述一些久远的故事。她似懂非懂，却总是那么认真，我知道，她不愿与这陌生的世界有丝毫的疏离。

有时觉得茶像一座江南园林，其间的亭台楼阁，曲径回廊，皆有妙意。有时又觉得她就是一盏简洁的茶，春水秋韵，清淡修行。我素日亦教她简单的做人道理，端正庄严，不与人相缠，更不与人相争。

我爱洁净齐整，她自小耳濡目染，亦是端然顺从。她不喜乱丢杂物，自己的玩具，每日休憩前也都收拾妥当。何处所来，便归于何处，她的橱柜井然有序，看罢让我觉得物物有情，不增不减。

我们所居的梅庄没有繁华装点，而是古韵天然，朴素明净。彼此相依，共度晨起日落，亦不觉清冷。窗外烟火迷离，乱人心目，我只愿她安然成长，此一生，不解炎凉世态，更不知兴亡沧桑。多少浩荡劫数，皆与之擦肩，她只需做那壶茶，守着闲淡光阴，一日千年。

我们之间的情分如茶洁净，没有相欠，亦无辜负。我知道，今生无论遭逢怎样的际遇，我和茶都将命运相牵，荣辱与共。有一天，在缘分的路口，我们亦要经历聚散离合，哀乐同心。我已将风景看透，往来过客皆如陌上尘，风烟俱净。她则要兰舟独上，涉水万里，浪迹江湖。

冬日已至，江南虽暖和，却到底有冰雪冷雨之时。院里的几株梅花，又将循季而开，霜雪之下，冷艳清绝，嫣然留笑。那时的茶，学堂归来，陪我于温室煮上一壶陈年普洱，赏雪观梅，暖意融融。若干年后，她也许记得，也许早已忘记。这些都不重要，一切如她所愿便好。

幸然有茶

茶长大了，在晨起，在日落，在似水流年里，在每个不经意的日子里。茶说的话总是有太多的惊心，那种惊，不是扰乱，不是讶异，是春阳落于大地的温暖，是庭阁柳岸的燕子呢喃，是晚风温柔的私语。

此番杭州归来，茶的守候，茶的乖巧，给寒冬添了几分暖意。依稀记得，旧年此时，我们临窗赏雪，隔溪煮茶，欢喜欣然。庭园的梅与她年岁相当，不知从何处迁徙而来，又不知会在此处寄身几载。茶知我对梅的喜爱，故与之相关的一切，她皆细细珍藏于心。

茶有一双会说话的眼睛，那眼神里有灵性，有内容，也有情意。有时看着她的眼睛，无须任何言语，便会陷入某种情境，恍惚经年。以至于我时常忘记她的年龄，甚至忘记她从何处而来，又是否真的是一株茶树幻化为人，来报恩还债，来陪我人世清欢。

素手凭栏，静待梅开，原该漫长的一年，回忆起来，也只是几个简短的日子。这一年有太多的破碎，太多的哀愁，在这座荒凉又寂寥的城市，幸然有茶，为我拭泪，伴我晨昏。以为越不过的坎坷，慢慢地平顺了，以为打不开的心结，也以另外一种方式缓缓消解。

每每悲伤仓皇时，总会握紧茶的小手，仿佛她成了尘世间唯一可以救助我的人。她虽薄弱，却好似午夜一盏明灯，陪伴在每个我需要的时刻，不远不近，不闹不争。那些孤寂、只看得见自己影子的日夜，幸然有茶对我不离不舍。她自是无处可去，除了我，再无寄身之所，也无可托之人。

如此也好，茶的内心一如她的生活，清澈无垠。缺少众人相捧的关爱和温暖，她较寻常孩子多一分坚定，又不失孩童本该有的纯真。有人说，茶是多么地幸运，才修得此生与我的母女缘分，却不知，最为幸运的人是我。我纵是踏遍河山，妙笔生花，又如何去描摹出这样一个体贴懂事的小精灵？

茶的存在本是理所应当然，而我却总有飘忽之感。我对她于文字间有无限的情意，于生活却太过严苛。她对我始终有惊惧，寻常岁月里也不敢太过随心。我对茶赞赏太少，批评甚多，不肯对她过于迁就。有时茶竟生出恼意，怪怨我对她不够好，总是责备于她。

我竟不生愧疚，偶尔的宠爱，过后依旧是对她的严厉。然而，我对茶的饮食起居，言行举止，又不管不问。我对她用心不多，所给予的时间也是那般少。她却无私，回报我宽容与温暖，笑容和甜蜜。她说，就算我打骂于她，她亦不会离开我，亦会爱我。

茶爱一切美好的事物，爱素雅裙衫，爱鲜花着锦，爱整洁干净。茶的美，在一颦一笑间，稍稍打扮，便赏心悦目。我贪恋着她给我所有的美好，所能赋予她的，也只是一盏茶的时光，几阕词的情分，以及看似优雅恬淡的生活。

慢慢地，茶成了我的知音，我所爱的事物，她皆珍惜。我独

自饮酒，她坐身畔不言不语，我喝茶，她打水，我打理花草，她
陪我解闷。有时，她好似知我内心百转千回，有时，又沉浸在她
自己的光阴里，把我搁于一旁，不予理睬。

都说孩童的世界我们不懂。是的，我不懂，也没有试图去
懂，我放任茶的思想，却又在不经意间影响她的喜好。素日里，
我虽温婉贞静，却也任性固执，而茶对于我的莫名情绪，总能坦
然接受，并且一笑置之。

茶的性情不似她的相貌那般文静端然。茶其实多思好动，哪
怕一个人，也似溪水回风，于静谧中发出声响。她的烦闹，又
不是无理，不是商量不定，是一个人的主张，一个人的欢愉。
我知道，待她知人事，懂礼节后，她的世界又或许是另一片
澄净。

茶亦是感性的女孩，内心柔软良善，无论她多么气恼，见我
落泪便都会止息。我对茶并没有像寻常母亲那样对女儿诸多宠
爱，在我静心写作时，我常冷落于她。平日无事，我也喜欢静
处，安享闲静时光，不与她嬉闹玩耍。

茶幼时还不会言语的情景尚在眼前。那么瘦小，那么怯弱，

让人心疼，想要给她许多的怜爱。然而，就这样转瞬长大，长成我想要的模样，长发齐腰，能歌善舞。有一天，更会亭亭玉立，以落落姿态，行经她想要去的地方，发生属于她的故事。

那一切看似遥远，亦不过几个春秋的距离。她会经历悲喜离合，遭遇艰辛磨难，而我只能陪她一起慢慢长大，不能带她走相同的路途，亦不能分担她的忧愁。也许，我会告知她我所走过的历程，经受的坎坷，有过的遗憾，但她毕竟与我隔了山水时空，境遇不同，结局亦不会相同。

我亦不会像一个寻常母亲那样，担忧她的成长，思虑她的未来。以我的直觉，我能感知，茶以后的岁月，定如清风明月，毫无隐蔽，波澜不惊。一切烦难，一切灾劫，在她的聪慧纯粹面前，都将迎刃而解，雨过天晴。

如果说我是江南小巷的那场烟雨，她便是春日枝头的那朵白茶花。无论我到了什么年岁，神色里总离不开浅浅的忧伤，而她始终如一盏清露，甘甜明净。所以，我无须担忧她的人生，只静静地看她如何过好她的前生今世。是贫是富，是起是落，是喜是忧，不是我所能参与，所能更改的。

　　我心底当真是喜欢这个女孩，于每个朝夕相处的日子里，却
又不知如何表达我的情意。又或许我的世界原该与她没有太多瓜
葛。给不起太多的荣宠，只愿和她这样简单地相依，清淡宁静地
过好每一天。

　　我不期待她能快快长大，亦不在意她会长成怎样的一个女
孩。她是茶，自有她的模式，她的品性，她的格调，她的味
道，以及她特有的芬芳。或许，她此一世都不缺光彩，唯愿一
切繁复皆可以化作简约，一切灿烂都终究归于平淡。愿她做一
个静雅的女孩，不受万物之扰，不与众生相争，从始至终，做她
的茶。

　　小茶，多好的名字，三千世界，万象繁华，都不及我的茶。
我爱她天然气息，秀丽容颜，更爱她有一日被岁月沉淀后的韵
味。我知道，无论世事如何变幻，她会一如既往如茶，喜她所
喜，爱她所爱。不为谁褪尽颜色，不为谁洗去铅华，更不为谁修
改波澜。

　　有茶的日子，忧愁亦是明净不惊的，往日的人海漂泊，起伏
不定，也得以消解平复。纵处乱世凋年，亦觉安稳繁盛，多少不
如意，都会和顺通达。纵算有一天我弃她远去，隐于山林乡野，

也扰乱不了她丝毫，她依旧静好如初，无有分别。

此刻，茶独自在厅堂细碎的阳光下，一株兰草前，自歌自舞，欢喜不尽。而我在书房花影下，低眉浅笑，平静和悦。她是我的茶，只要有她在，岁月有情，江山皆安。

茶的饰物

　　我以为她只爱茶，可她也爱花，我以为她爱美，可她更爱美好的一切事物。茶像许多女孩一样，爱穿裙衫，爱戴漂亮的发夹，极为喜爱，且恋恋不舍的，是她盒子里的珠玉首饰。

　　茶有个首饰盒，沁染了岁月的颜色，古朴雅致。而茶仿佛就是那块遗落在春风秋月里的美玉，不知来自哪个朝代，也不知前世谁是她的主人。但今生，茶与我结缘，成了梅庄里一颗最璀璨的明珠，倾城绝代，不同凡响。

　　我生来喜欢珠玉，不关价值，无关年代，只在于饰物与生俱来所拥有的灵性，以及隐藏于它们背后的故事。后来，我亦成了一块美玉，有自己的风骨和情感，还有被时光打磨过后那耐人寻味的温润质地，洁净灵魂。

比如此刻，我盘一个简约发髻，斜插一支桃木的梅花簪。着盘扣长裙，手腕上那枚翠绿的翡翠手镯剔透夺目。颜说，我是那个初遇便惊心的女子，清绝如斯。而这一切，与容颜无关，是那割舍不尽的梅花情结，是那惹人情肠的温柔美玉，让见过的人，难以忘怀，并且为之频频回首。

因年岁尚小，茶的首饰盒里珠玉不多，却件件珍稀有情。前年母亲给了茶一对老银手镯，挂着古朴的铃铛，简约嵌花，生动传神。旧物无言，却可以看到留存在银饰上的精湛工艺，以及那位老银匠沉默的表达，加之母亲给予茶的情意，使得简单的饰物随之有了分量。

母亲对茶犹如外婆对我一样寄予了深情厚爱。外婆生前也曾留给我银饰，每件物品，都存有她的气息和温度，陪她历代经年，沉甸甸的回忆，当真是感人至深。亦因这份感情，物不再是单纯的物，是对过往的承诺，是藏于旧宅深院、老窗楼阁的誓约，是寻常的人世之事。

　　茶对俏丽纯净的翡翠、洁白温润的和田玉、明晃晃的金饰皆爱，却对老银有着另一种难掩的深情。关于那些从前的故事，她一无所知，历史的沧桑，亲情的厚重，于茶只是一场幻觉。她不懂，也无须懂，所有的现世华丽，慷慨礼义，有我替她感恩，并为她铭记于心。

　　银饰，本为闾巷人家皆有的物品，寄予平安喜乐，似春风新润有情，又如岁月古拙深沉。旧时女子时常佩戴的，当是银饰。待嫁的年华，箱子里存放的是父母多年的积蓄，也是人间的温暖。光阴催人，唯旧物有信，记得她们有过的芳华，还有老银上那些经久不散的印记。

　　我喜爱这些美好的饰品，它们不仅装点我的微澜人生，并伴我走过风雨孤独。许多不经意之时，我会为茶留意适合她的物件，并帮之珍藏。等到有一天，她知人事，通世情，便告知她旧物背后的故事和感动。甚至想着，倘若某一天落魄江湖，穿越古代，随身尚有几件可以典当的饰物，也不至于那般困顿失意。

　　一物一心，一物一情，我感恩今世所有的相遇，珍惜和万物的缘分。而茶冥冥中似乎懂得我的心语，对我和颜所给的首饰极为珍爱。小小年岁的她，懂得不同衣裙佩戴不同首饰，我曾多次怕她遗失这些首饰，然而，这几年所赠予她的珠玉，件件皆在，完好如初。

茶着旗袍，贞静温婉，佩戴一串珍珠项链，恍若民国世界走来的女孩。发梢眉间，携着淡淡烟雨，有种无法言说的美丽与风情。茶着汉服，盘小小发髻，斜插一支玉兰簪，像是穿越而来的女孩，古雅静美。

茶时而佩戴和田美玉，雕刻的兰草简约生动；时而挂一只翡翠蝴蝶，被娇艳的裙衫映衬得惊心动魄；时而又给自己戴一枚剔透清亮的琥珀手镯，于明灭的光影间，这枚手镯仿佛遇见了寻觅千年的主人。有时，她随意的搭配，抵得过我精心的安排。

颜说，她设计的珠玉倾注了情感和心事，只为懂得并懂得珍惜的人美丽灿烂。天地间，往来皆是过客，能释怀解意的人又有几个？她设计的珠玉定然有其知音，喜者相互爱慕，珍藏传世；厌者转身离弃，不再相扰。而茶当是那解语之人，她良善柔软的内心，可以粉碎世间一切冷酷与寒凉。

我想着，倘若可以，以后的岁月里，我为茶定制一些与茶花相关的饰品，那些典雅的古物，可以伴她寂寞流年。而茶如同她的名字一样，拥有一座茶山，藏茶数间，每日做个玩珠弄玉的散淡闲人。焚一炉香，漫抚琴弦，养壶数把，拿去市场变卖，挣的银钱也那般雅致风流。

有一天，茶穿起凤冠霞帔，抹脂涂粉，戴着她喜爱的珠玉，如春日牡丹，雨后桃柳，定然惊艳于时光。以后的日子，她只需做个传统的民间女子，一生亦可安然。哪怕每日养花喝茶，典当饰物，也未尝不可。

当然，我希望茶的一生简约素净，朴素端然。不因饰物的华贵而迷乱心性，珠玉不过是用来装饰生活的，纵算倾尽所有，亦无缺憾。一如当年的外婆，因时势动荡，满箱金银珠宝于顷刻间化作虚无，她也不哀不怨，仍自布衣荆钗，端然安详地过好每一天。

素日里，我时常告诉茶，人生当简净为美。她的发饰，她的裙衫，也无多艳丽，配于她的饰品，也不过于繁复。如今的茶，已经受我感染，学会了断舍离。甚至我的修为还不如她，毕竟她未入凡尘，毕竟她的世界还是一片湛蓝的晴天。

我愿她做那明心见性的女子，不被物惊，不为情困，不受世扰，巧妙地避开风霜苦雨，安静地做她的茶。纵居陋室，也静如莲花，珠钗散尽，亦可折梅而舞。天下世界的浩荡壮观，都不及这个女孩的清淡喜悦。

世间万物，可取可舍，不用她劳心费神，凡来尘往，只消刹那光阴。她就是一册《花间词》，着裙衫，舞水袖，从戏文里走出来，翩若惊鸿。走下她的舞台，摘下她的珠玉，她还是那盏茶，清澈明净，妙意难言。

茶
缘

　　庭院里的茶花开了，白色的清丽绝尘，红色的娇俏妩媚，它们的美恰如凡间妙龄女子，见之倾心。以往的我对茶花无有多少情结，尽管幼时的村庄每年都开着漫山遍野的茶花。后来有了小茶，我便真的爱上了茶花，觉得茶是红尘中一抹温柔的记忆，无国色，不倾城，却美得令人爱不释手。

　　又到了品尝春茶之季，薪火煮茶，是对人世美好的向往。记得去年冬日，于杭州龙井茶园邂逅成林的白茶花，有着妙不可言的惊喜。茶农采摘了茶花，铺于竹匾，晾晒于黛瓦石阶上，给原本灵秀的杭州古城更添一道美丽的风景。

茶囡囡问，母亲大人，我是如何从一朵茶花长成一个人的，我竟无言相对。小茶长大了，许多问题总是出乎意料。久而久之，在她眼里，我成了那个不经世事的女孩，对外界的事物甚至不及她知晓得多。素日里，也不陪她出去游赏山水，不与她嬉闹逗乐，亦不轻易惊扰她的世界。所幸，她有颜，有学堂的老师，有她喜爱的少儿频道。

茶如我一般，爱人间草木，爱梅，喜莲，后结识了茉莉，又与桂子相知，今更是缘系于茶花。后来，我见到与茶花相关的美好事物，皆会为茶珍藏，伴她流年寂寂。庭院里亦移植了几株茶树，不曾过多呵护，而是任其生长，餐风饮露，更见其曼妙风姿，淡雅清颜。

茶虽是孩童，却极爱盘简约发髻，簪花别草，饶有风情。素白旗袍，大红唐装，淡紫汉服，着于她身，有烂漫天真，又颇具韵味。就连她佩戴的首饰亦自然古朴，清新雅致。我想着，慢慢地，茶就长成了一株茶树，从小小女孩到有一天落得亭亭玉立，端庄大方。

我对茶的关爱委实缺少，我甚至吝惜于给她的时间。她的饮食、睡眠、喜好以及生活中的许多琐碎之事，我皆不多加关心。

但凡她不喜不愿的，我自是不多勉强，只要她不无理生事，我对其总是依宠着。这宠，是人间四月燕子的呢喃私语，是山河故里草木的欣荣。

我和茶之间虽相隔三十载，像母女，又似姐妹，有时更若知音。她似乎知我喜静怕闹，所以素日里与我相处乖巧听话，使我不生烦恼。茶在我面前少有女孩的快乐无忧，虽不含蓄拘谨，她的真性情却有所隐藏。

茶知我心性淡泊，不喜与人相交，故在生人面前对我的诸多事皆守口如瓶。于她眼里心底，我是梅庄的主人，是一朵安静的白梅，整日与文字相伴，和茶知交，而那些隐藏在文字背后的情怀，她自是不解，亦无须解。

茶知我爱天然，不喜修饰，平日里，梅庄里的摆设，删繁就简。慢慢地，茶也将自己喜爱的玩具摆弄齐整，安置妥当，不随意丢放。茶的美好犹如我供养在佛前的鲜花水果，不落不谢，不染尘埃。

我对茶虽不管不问，却又是她最亲的人，朝暮相处，不离不舍。茶对我的生活当是耳濡目染，喜爱美好的事物，齐整洁净。

她知我爱茶，又似乎她对茶有着与生俱来的缘分，竟识得许多茶叶的种类。无论是绿茶、白茶、红茶，还是是陈年普洱、岩茶，她皆喜爱，与我共饮。

茶的存在让我更加坚信缘分天定，看着她，我时常觉得前世有过相逢，熟悉亲切，知心暖意。是一块失而复得的美玉，是一片珍藏多年的老茶，是某件割舍不下的旧物，又或仅仅只是我的小小女儿。我深知，此一生有太多的遗憾与缺失，而茶恰好可以弥补那些远去而苍白的岁月。

茶在幼儿园受许多孩童的喜爱，一切缘于她的性情。然而，茶的性情并不温顺。她是个自我的女孩，许多时候，她只依从自己，任性烦急，不听劝阻。安静下来又知错知羞，仿佛刚才不曾有过风雨，她的世界依旧安宁静好。

茶的粉雕玉琢虽不至惊艳，却是自然纯净，恰到好处。她犹如晨起时那朵初开的白茶，清新含露，有那么一点点超脱。她的神韵姿态，有时像极了另一个我。而我已然铅华洗尽，她的人生却是百媚千红的开始。

颜说，茶是一个戏子，小小的人，所言所行，总是出人意料。她是戏子，却又丝毫不虚伪，那般自然纯净，让看客投入真情，为之倾倒。谁的人生不是一出戏？日子久了，连自己都不知哪些是假，哪些又是真。

她与同伴玩耍嬉戏，俨然就是一个稚嫩的孩童，烂漫无邪。与我和颜相处，又能入情入境，像从古画里走出来的女孩，顺从贴心。茶亦是随着情境变幻着自己的角色，只是无论走得多远，她始终是那个生长于江南的温婉女孩，端庄秀雅。

我该是欣慰的，这个平凡的女孩有时美好的模样令我惊心。我与文字恍若故交，可茶竟是一本连我也读不懂的诗文。我与茶的情意从不深刻，也不肯过多地搁置于心。只愿她这一生都如茶清淡，不牵附于任何人，连同我——她生命中唯一的至亲。

一个人跋山涉水，行经人世风霜，到如今过上想要的安逸生活，内心深处始终期待的，仍旧是灵魂的自由，是梦的归宿。我对茶虽有期待，却愿意依从她的心，让她做纯粹的自己。一如有一天，我会远离凡尘，甚至不惜割舍她，留她于纷繁的世间，历她所历之事，爱她所爱之人。

我不愿茶如我这般，受命运百般捉弄，方有当下汲水插梅的诗意栖居。她以后的人生，我不参与，是去留无意，还是精雕细琢，自当随意。更不愿对茶太多挂心，我知人世许多的爱，到最后会成为负累。宁可她独自披星戴月行走红尘陌上，也不要她背负别人的故事，天涯辗转。

奈何茶生性多情，未必能如我心意，做个淡然脱俗之人。她也许以惊鸿之姿傲然独立，逍遥于人间烟火，又或者不过是平庸之辈，守着一片茶山，春秋耕收，简单地过完一生。所有的一切，不过是猜测，茶的人生才刚刚拉开序幕，或荣或辱，或贫或富，或悲或喜，现在谈起来尚为时过早。

直到那一天，看着她飘然远去的背影，我不留不追，给她所有的祝福。我只需在梅庄种上一株茶树，依旧不闻不问，静静任其开落，方不负我与茶今世母女情缘。

世间有女颜如玉

多雨的江南，总是会在你睡梦之时落上一整夜的雨。梦里辗转，听雨落窗台的声息，淅沥缠绵，像在诉说谁的心事。秋雨比之寻常时节的雨多了几分明净的忧伤，清冽的哀怨。莲荷疏落，草木从缓，万物在这个季节里等待一年的故事，会有怎样的结局？

江南女子恰如江南的烟雨，迷蒙、婉约、细腻亦柔情。见过颜的人都觉得她应该生长在江南，被江南温软的山水经年累月地浸润，方有如此端雅风姿。单薄清瘦的她，应该是从雨巷里走出来的女子，眉结有着些许愁怨，几多风情。

世间有女颜如玉。颜，是她的名字。她该是清淡的，虽处红尘，却安于自己的小楼，静看风雨。她亦是浓烈的，着明丽鲜艳的裙衫，轻姿漫步于烟火人间。她性情温和柔婉，骨子里又有着与生俱来的骄傲与清冷。她恬静端庄，又有着寻常女子少有的豪情与豁达。

我与颜应该有着累世的缘分，今生方有如此深刻的情意。我们的相识没有任何约定，像是江南那场突如其来的羊丽初雪。那时的她还是一个爱做梦的女孩，浪漫，诗情、温柔亦洁净。她说她喜欢文字，而我的文字，我的情怀，给了她对江南所有美好的想象。

那时，我知道颜是北方女子。汉时李延年有诗吟："北方有佳人，绝世而独立。一顾倾人城，再顾倾人国。宁不知倾城与倾国？佳人难再得。"而我认定，颜便是那北方佳人，她也许没有倾城倾国的容颜，却应当有着倾城倾国的风韵。

我们相逢在江南的暮春，那时节，梅花疏落，草木繁盛。她年华正好，一袭白衣，恰似一块璞玉，天然姿态，未经岁月雕琢，不受凡尘熏染，明净无尘。她的美，娇羞腼腆，朦胧诗意，眉目清朗澄澈，不带半点哀伤。

    她容颜清丽，身子瘦弱，如江南袅娜的细柳。她性情慨然，有着北方女子的豪气舒畅。后来，我们一起携手漫步江南园林，游赏太湖烟波，相伴佛前祈祷。我与她相差十岁之龄，十年的世情风霜，似乎不曾有丝毫的隔阂与疏离。

    颜像另一个我，我与她似临水照花。我们情怀、心性以及喜好皆有着惊人的相似。在某些瞬间，我会恍惚地以为，我是与未知的自己重逢了。我们相处的时光虽简短，却无须太多言语，一个眼神，一个微笑，便知晓彼此内心的一切。

    颜有慧根，许多她从前不曾看过的风景，未曾接触的事物，只消瞬间便熟知。她亦有佛缘，可以轻易读出我文字里的禅意，懂得世间万物的慈悲。颜虽涉世不深，却人情练达，于凡尘落落行事，从容应对。

    颜有灵性，她总是会在寻常的日子里，给我带来许多惊喜。她喜爱植物，她说前世她是一名花匠，用草木打理简单的光阴，装点朴素的流年。她爱茶，江南江北的绿茶或红茶，她皆深情相待，用心品饮。她亦喜玉石，从一无所知到深入行内，与玉石结下难解的情缘。

果然，颜是三生石畔一株美丽的草木，玲珑有致，通今博古。她大学毕业后不落俗流，选择和玉石珠宝为友。很难想象，一个不曾真正入世的女孩，能够在简短的时间里，便和玉石灵魂相通。

颜所设计的珠串，总是别具匠心，仿佛被她施了法术。一个手串，一枚玉坠，一支银簪，甚至每一件静物，皆赋予情感，生出故事。我不禁感叹，她或许就是一块玉石，修行千年得了人身，方有如此曼妙容颜，风流韵致。

仿佛只是历经一个春秋，几度月圆，颜便从一个青涩的女孩转变成当下模样。一如她穿制的珠串，明净大方，古风天然，亦华丽深藏。她说，她视所有的风雨坎坷、尘世磨砺为人生必经的过程，她愿与这世界温柔相待，不惧岁月相催。

颜的举止言行端庄从容，自有一种妩媚，更多的是一份贞静与安然。她的笑像江南雨后优雅的清风，远远望着，让人生凉，又带着暖意。有时，我便煮一壶茶，静坐她身边，看着她低眉穿制珠子，那般端正明丽，又闲逸淡然。

颜的安静让你觉得人在天地间，无须有太多的牵挂，守着当下安稳，便抵一生一世。有时觉得她像是宋词里走来的女子，戴一枚古老玉镯，文静缓缓，妙处难与君言。有时又觉得她是当代都市丽人，在熙攘的人流中，凭借一袭醒目红衣，出众超凡。

颜爱齐整洁净，她打理得橱子衣柜不染纤尘，仿佛一切都是新的，又新得有岁月的味道。她烹煮的食物看似简单，实则精致味美。与她相关的事物，都是婉约文静的，带着安逸和喜气，有一种不可言喻的美丽和贞亲。

我时常守着深闺小院，茶雾日色，感叹人生寂寞如雪。而颜却把每一日过得活色生香，有情有义。有时她出去不过一个下午，再相见，只觉人世迢迢已经百年。我一如既往地安定无争，她似要过尽尘世百媚千红。

我与她之间看似神情气韵相似，实则隔了沧海。我是那枝遗落在远古的清冷梅花，今生投宿于某座深宅旧院，一梦经年，不能醒转。而她则是那枚被流光打磨的古玉，看过春风秋月，挂于江南的山水间，散发出遮掩不住的熠熠风华。

颜是良善之人，对自己俭约节制，对友人大度得体。我们于这城市同是飘零之人，深知人生不易，故倍加珍惜。几年相处，亦知缘分深浓，彼此恍如明月清风，溪桥梅柳，无有猜嫌。

　　人世聚散有定，我们缘起于江南，有一日亦会缘尽于此。纵算有离散之时，我与颜亦不会风景相忘。又或许我们宿缘太深，今世红尘相携，不离不舍。

—你是我今生最美的修行—

卷五 ◎ 只作久别重逢

故人两相忘

时光真是快啊，多少故事都来不及发生，多少诺言未曾兑现，就已老去。光阴老了，我也老了。于红尘中修心，为那些不可更改的情怀，为内心的灿烂与平静。

人生当朴素简洁，许多过往的记忆我都尽力删减，愿清宁无争。千山无主，故人相忘，也许有一天，我们所记得的，只是自己。那些岁月早该遗忘，可寂静时，总有许多片断会不由自主地想起。

比如幼时某一场社戏的繁闹场景，比如一场突如其来的初雪所带来的感动，比如十年前雨中漫步的感伤往事，比如那年梅开的刹那芳华。然而，那些以为刻骨铭心的故事，却落于尘埃深处，不复想起。唯留一些残缺的碎片，频频惊艳于此刻的时光。

午后阳光下，泡一壶茶，和暮年的母亲絮说远去的旧事。多少年了，云水漂泊，习惯了独处，与寂寞相依。记忆中和母亲静坐喝茶的时光甚是简少，以后更不会再有。此生想要珍惜的人和事，好似太多，却又被流年忽略，搁置在那个叫过往的地方，不被岁月成全。

母亲满鬓霜华，当真是老了。恰逢春节琐事甚多，忙碌一番，便觉疲累，于阳光下休憩，趁着此刻，我方算真正看清她苍老的容颜。我心生悲凉，又不忍诉说，人生经世，到底挣不脱生老病死。

晒台上，有母亲新腌制的咸鱼、腊肉，于冬阳下这般烟火情浓。远处山峦层叠起伏，蓝天云海，若隐若现的黛瓦白墙，一切都是梦中的模样，却如此陌生，不敢近赏，不可入心。因为我知道，此身飘忽若寄，任何时候我都会选择转身，选择离去。

前日河畔漫步，采一束野菊，带回家装点花瓶。这座小城我曾经亦无比眷念，后经光阴消磨，今时已无多留恋。只是在恰好的时间，与之重逢，凭借一些熟悉的风景，去回忆年少时那场荒唐又清澈的梦。

我寻旧时陶罐，用来插花，母亲说那些瓶瓶罐罐早已随着年月流转，遗失在遥远的村落，不知所踪，连同她的韶华以及那些不可取代的光阴，隐于竹林深处，村舍人家。每个人都听从命运的摆布，漂流于各处，或从政为官，或为贩夫走卒，有人选择落叶归根，有人则绝迹江湖。

母亲说，小城虽不及都市繁华，却有乡间风情，野味山珍。倘若我甘愿割舍，莫如归来，做个闲人，与这方土地平静相依，不分彼此。世事变幻莫测，她不知我的心在多年前，已随着那场自由的风，仓促远离。纵算我有意归隐林泉，远赴山间，亦要选一处陌生之所，断绝故人，无来无往。

母亲形容憔悴，似有悲意，又淡然处事，从容由心。她说，虽身老矣，依旧不知他年归于何地，葬身何处，魂归何方。她自知漫漫人生，聚散无定，更知时局动荡，转身沧海。又或者无须忧惧，懵懂度日，自可清宁。

人贵如美玉，静好无瑕，被岁月呵护，更当自珍。又卑贱似蝼蚁，于烟火中平凡简约，不顾朝夕。倘若可以预知将来，就不会有过往的错误，也许每个人都有一段悔不当初的曾经，但那时陷于其间，怎知结局？回首时，满目河山，空落无寄，竟不及一株草木，那样清白洁净。

这些年背井离乡，虽冷暖尝遍，却不觉清苦。温软的江南，给予我许多美好的想象，我喜欢在陌生的城市里被人遗忘地活着。拥有自由的灵魂，不受红尘拘束，没人知道我从何处而来，也不知我将在此处逗留多久。每个人都可以在此安身立命，认作故乡，亦可以当作过客，来去随心。

人生原该美好澄净，不该总被遗憾、悲伤、孤独填满。我以文字修心，简单自持，却始终挣不开情海波涛，时而为一段毫无相关的过往惩罚自己，时而又为别人的故事困顿迷离。我深知，唯放下，方可彻悟，唯舍弃，方能重来。

愿一人泛舟太湖烟波，置身于浩渺云天，无牵无挂。亦可藏身梅林，折一枝梅花，便知人间春暖。遇荒村古刹可借宿，邀山僧行客便可品茶，无人知晓你的过往，亦不关心你的将来，不计较你的过错缺失，更不在乎你是否有所皈依。

不过是茫茫人海中的一粒尘埃，于天地间皆一样心肠，一般情态。无有贵贱之分，尚无因果前缘，只这样纯粹的一个人，不曾辜负背叛，也无隐痛伤痕。心如清茗，谈笑间无有虚意，不言情爱，亦不必许下诺言，如此便不相欠，不相误。

此生惧怕背负名利，更怕背负情债，我不肯负人，人总负我。我不愿欠人，却又总被人所牵，看似春风得意，然而情无所归。想来人生所有的挂碍，皆是将情感依附于人，一旦别离，则寥落无主。如若可以，我愿删除所有的故人，清简残余的岁月，静守这段老去的光阴，美好地活下去。

携一人手，持一颗心，哪怕典当过往所有的积蓄，亦是甘愿。比如往日的情缘，比如珠宝钱财，比如房宅田地，都可抛掷，变卖，就这样空荡一身，远走天涯。行至任何喜爱的地方，皆可安身，修房砌院，栽花种草，便是梦中的家园。

仓促的日子亦随之缓慢下来，不问故人是否安在，只求寂静相依。每个瞬间都温柔感动，每一天都是地久天长。只是简单的两个人，不忧惧与谁相争，也不忧惧有谁悄然而入，惊扰了当下的平静幸福。

　　人生倘若可以依照自己想要的方式安静过完，当是完美。哪怕走到最后，被岁月洗劫一空，只要内心温暖，便是幸运。任何一次离散，都是诀别，任何一次相逢，都是永远。所能做的，只是当下，是否愿意珍惜，又是否值得珍惜。

秋水佳人

午后焚香小憩，任温暖秋阳透过窗台静洒榻上。只觉自己是那秋水佳人，虽芳华不再，却依旧沉静婉约。仅是一炉香的时光，梦里便经历了兵荒马乱，离合悲欢，辗转醒来，人世不曾更换，岁序静美无言。

《红楼梦》里，林黛玉时常斜靠在她的美人榻上，焚香养神，潇湘馆的那几竿修竹，青翠如烟，她亦美得不是凡尘之人。曹雪芹对林黛玉的美，不惜笔墨："两弯似蹙非蹙笼烟眉，一双似喜非喜含情目。态生两靥之愁，娇袭一身之病。泪光点点，娇喘微微。闲静时如姣花照水，行动处似弱柳扶风。心较比干多一窍，病如西子胜三分。"

而曹公笔下的大美人，却是警幻仙子，他为她写赋，不尽言辞称赞。警幻仙子的美丝毫不输于曹植笔下的洛神。靥笑春桃兮，云堆翠髻；唇绽樱颗兮，榴齿含香。贾宝玉对其容颜亦是惊心，但终是太虚一梦，假作真时真亦假。

世间女子都住进了大观园里。以往喜爱黛玉的书香韵味，亦喜妙玉栊翠庵的茶香，而今似乎更爱宝钗身上的冷香。她的屋舍雪洞一般，除了案几上一个土定瓶中供着数枝菊花，摆两部书及茶奁茶杯，再无其他。

这样一个芳华绝代的女子，肌肤丰泽，貌如美玉，素日却极喜简净，不爱花粉。唯一随身佩戴的金锁，她亦觉得沉甸甸的，不甚喜爱。她是大观园里的冷美人，看似无情实则有情，奈何被一段金玉良缘所误，负了一生。

黛玉的美亦清丽脱俗，芙蓉清愁，不加修饰。她喜爱的是几册摩诘诗，是几卷落花词，以及绿纱窗下那架七弦古琴。妙玉的美更是洁净无尘，本是富家千金，佳颜秀姿，却于庵庙静坐修禅，佛心茶韵，不与世争。

但凡美好女子，宝玉皆爱，只是弱水三千，只取一瓢饮。他所钟情的，始终是与他有着一段前缘的黛玉。他是她大观园里唯一的知音，是她爱的牵绊，情的归宿。在别人眼中，林黛玉孤高清冷，目无下尘，宝玉却爱她病弱之姿，爱她孤冷心性，爱她沉静风流。

宝玉初见黛玉，说："这个妹妹我曾见过的……虽然未曾见过他，然我看着面善，心里就算是旧相识，今日只作远别重逢，亦未为不可。"他不知，在前世，西方灵河三生石畔，早已有过一段情缘。故今生方有了这宿命之约，她为他焚稿断痴，泪尽人亡，他为她抛下荣华，绝尘远去。

曹植写《洛神赋》，翩若惊鸿，婉若游龙。荣曜秋菊，华茂春松。《西厢记》里张君瑞见崔莺莺，亦是惊艳。《牡丹亭》里柳梦梅和杜丽娘，亦有一段游园惊梦。《长生殿》里，杨贵妃一支《霓裳羽衣曲》压倒梅妃《惊鸿舞》，从此三千佳丽无颜色，唐明皇只宠爱她一人。

自古美人多情，令无数人为之倾倒，又对之薄幸。无论是帝王将相、文人墨客，还是市井凡人，皆有这般惊心。美人的一颦一笑，一言一行，足以令群芳失色，地动山摇。奈何红颜会老，再美的姿容，最后都输给了时光，败给了岁月。

胡兰成曾这样形容张爱玲："她的顶天立地，世界都要起六种震动……我连不以为她是美的，竟是并不喜欢她，还只怕伤害她……我时常以为很懂得了什么叫做惊艳，遇到真事，却艳亦不是那艳法，惊亦不是那惊法……我向来与人也不比，也不斗，如今却见了张爱玲要比斗起来。但我使尽武器，还不及她的只是素手。"

可见世间女子的美，有容颜之美，有心性之美，或优雅高贵，或简约朴素。只需在恰当的时间，遇见那个合适的人，无论是年华正好，还是老去红颜，都不算迟。这个人未必会是你此生最后的归宿，但他的到来，却让你甘愿为之低落尘埃，于尘埃里开出花来。

此刻秋阳熠熠，我坐于花下，枝影婆娑。桌几上，一壶刚沏好的老茶，雾气氤氲，让人心生喜悦。前些时日花市买来的菊花，已是花瓣稀疏，无往日光华。到底不如山野之菊，落山间篱院，餐风饮露，素色清影，别具风情。

都说美人如花，我此生相约的，则是那山林野梅。一树虬枝，疏影横斜，淡淡幽香，本与人不争，却无端惊扰驿路断桥的过客。我无绝代姿容，更无倾城之色，不过是寻常女子，持一颗素心，含蓄婉约，淡然于世。

以往厌倦一切纷繁，梅花风骨，不肯为谁低眉，纵是零落成尘，亦骄傲清绝。如今却爱上这烟火人间，愿与平凡的日子相敬相亲。亦想做一凡妇，每日忙碌于厅堂厨下，烧饭煮茶，洒扫庭院。

着洁净的素裙，梳简约的发髻，似那秋水美人，不施粉黛，洗尽铅华，不惊艳于谁，亦不与谁争宠夺爱。不相关的事，不喜爱的人，自可彻底删去，简净清白，从此再无瓜葛，相安无事。

我本多愁善感，见花落泪，视物伤怀。可经历离合，过尽悲欢，尝遍冷暖，竟觉世间万物清润明净，无有伤害。处红尘乱世，亦是不愁不惧，不怅然，不凄凉。

我亦可以不离群索居，就寻一处江南古老庭院，看小巷悠悠烟火，往来陌生行人。黛瓦白墙，简洁木窗，世事皆关于门外，我只需打理庭园草木，洗尘煮茶，汲水插梅。至于年轻时等候的那个人，有一天会不会归来，已不重要。

虽说世事风云变幻，人心难测，可凡来尘往，岁序悠然，又何来那许多的灾劫？一如我的外婆，看似经历沧桑磨难，可一生相夫教子，到底平稳，以九十多岁的高龄离世，算是寿终正寝。于尘世，她就是那朵茉莉，植于旧宅庭院，洁白含露，芬芳宜人。

在世的时候，外婆总说，来生她要做美人图里走下来的女子，轻移莲步，惊艳于红尘。她不知，纵是容颜倾世，肌肤胜雪，又禁得流光几度消磨？我的母亲又何尝不是篱院里的那株素菊？孤标傲世，淡雅绝尘。但她最美的时刻，依旧是奔忙于厨下，往来于菜园的那些朴素年光。

多少红颜成了白发，她们这一生也许遇见了那个值得托付的人，有过美好的时光；也许孤独遗世，未曾好好爱过，便已萎落成泥，随水远去。人生最遗憾的是美人迟暮，最伤怀的是望穿秋水，最落寞是人走茶凉。

我愿做那秋水美人，简约清淡，素净天然，纵有一日老去，鬓发成雪，亦要优雅端然，不含哀怨，不生悲戚。守着我喜爱的庭院，喝一壶闲茶，若有若无地想一个已是前生的故人。

晚风清凉，似在诉说谁的心语，孤单却不感伤。不知是谁多情地唱着："芙蓉对镜簪三两朵，温酒已在炉上煨热……明日黄花会开败阡陌，晚风一遍遍替她述说……"

时光惊雪

　　黄昏了，一个人小楼静坐，落落寡欢，亦无悲意。庭院里草木萧疏，秋意渐浓，溪水潺潺，心中却不起波澜。天地万物，清气自远，又岂会因人心轻浮而入迷情，生杂念？往日皆因一段痴情，几度漂泊流转，而生种种烦恼。

　　今时已无惶惶之感，守着小窗，恬淡闲适，安贫乐道。人生多少事，尽在一炉烟。山水花木，白云清风，与众生相敬相亲，无须说盟说誓，得闲便是主人。过往的迷惘、惶恐、荒芜，亦随着轻浅的时光慢慢消散，直至有一天了无痕迹。

　　曾几何时，我是那柔弱悲情的女子，掩帘听雨，枕花做梦。

怕世间一切纷扰，只道一点风声也杀人。如今但逢孽缘宿债、灾难劫数，亦不逃避，亦不惊惧，自我宽解释怀，从容相待，淡泊处之。不困于情，不累于物，纵有喜怒哀乐，亦欣然领受。

那些途经我时光的人，无论是深情的，还是凉薄的，都被我打落尘埃，今生今世再无瓜葛。多少无理情缘，皆为前世的债约，既是相遇相知，自当珍爱。若有一天丢失了彼此，亦无须介怀，时光会冰释一切。

焚香闭目，盘膝定神。新沏好的茶一如翠竹初荷，品后让人唇齿留香，心旷神怡。室内洁净，无多摆设，字画一幅，古琴一张，瓶花数枝，内心一尘不染。窗外花事虽不及春日嫣然明灿，却也是晚秋红紫，宜抒发幽情，无苍凉之意。

《浮生六记》里，芸娘爱焚香煮茶。"静室焚香，闲中雅趣。芸尝以沉速等香，于饭镬蒸透，在炉上设一铜丝架，离火半寸许，徐徐烘之，其香幽韵而无烟……夏月荷花初开时，晚含而晓放。芸用小纱囊撮茶叶少许，置花心，明早取出，烹天泉水泡之，香韵尤绝。"

沈三白有芸娘做伴，苏东坡贬去惠州，有王朝云相随，李清

照有赵明诚与之赌书泼茶。世间多少恩爱情长，亦只是这样寻常
的两人，于烟火中寻几许娴雅幽趣。

说好的地老天荒，终输给岁月，抵不过生老病死，白头偕老
的，又有多少？浮生寂寂，悲喜一梦，缘起缘灭，聚散得失，自
是安乐随缘。

"世事茫茫，光阴有限，算来何必奔忙？人生碌碌，竞短论
长，却不道荣枯有数，得失难量。看那秋风金谷，夜月乌江，阿
房宫冷，铜雀台荒，荣华花上露，富贵草头霜。机关参透，万虑
皆忘，夸什么龙楼凤阁，说什么利锁名缰。闲来静处，且将诗酒
猖狂，唱一曲归来未晚，歌一调湖海茫茫。逢时遇景，拾翠寻
芳。约几个知心密友，到野外溪旁，或琴棋适性，或曲水流觞；
或说些善因果报，或论些今古兴亡；看花枝堆锦绣，听鸟语弄笙
簧。一任他人情反复，世态炎凉，优游闲岁月，潇洒度时光。"

沈三白说，此不知为谁所写，却让人有大梦觉醒之感。东坡
居士说，且将新火试新茶，诗酒趁年华。以往时生感叹，怪白发
新生，青春抛远，多少情缘未尽，多少好梦不圆。如今心性旷
达，只觉红颜依旧，姿容虽改，却愈发地沉静恬淡。你看我新描
的眉弯，秀丽清素，齐腰长发，亮泽爽然。

造物者无私，得佳颜者，未必有慧心，食玉粒金莼者，亦未必尊贵。处尘世需养心静性，着简衣素布，亦有缠绵清雅之态；品淡饭粗茶，更能神采焕发。情缘有定，世味清淡，不可频生厌心悲念，无事则喜，平安则乐。

也是，人生本该自在安逸，既不经乱世逃亡，亦无颠沛流离，更无落败紧迫。逢时遇景，皆是宿命安排，又岂能自己做主，事事如意？

时光仓促又缓慢，清醒也糊涂，它不曾偏失于谁，一朝一夕的日子，都是自身亲历亲尝。仙佛尚有灾劫烦难，更何况凡人？心目洁净，从容相待，便什么忧恼也没有了。

人间富贵功名，如过眼云烟，得之不以为傲，失之亦不以为憾。世情如水，深浅难测，冷暖不知，无论处身顺境还是逆境，皆以寻常心相待，自可开阔清朗。岁序原是这样安定，不生妄想贪嗔，往来也无伤情愁思，静下来，唯有盛世的安稳和欢喜。

窗外下起了秋雨，细碎地落在溪水中，淡淡涟漪，似喧又静，妙不可言。喜这天然声籁，伴随顿挫抑扬的琴音，漫漫远意，相喜相安。炉内的香过半，壶中的茶亦凉，时光就是如此不经意地打窗前走过，千百年来，悄无声息。

一个人，掩门就是世外，我之居处，皆为梅庄。当年寄身于偏远村落，柴门小户，所见之景，不过是数间黛瓦白墙，几径荒山溪流，陌上稀疏行人。可我却爱上了那样的烟火人家，以为一生一世安住于深深庭院，却不想到底是离开了。

那时母亲秀丽温和，除了打理菜园，或是溪畔洗裳，几乎足不出户。素日里，母亲邀约邻家妇人，一起做些山珍野味，点心糕团，或撕笋剥莲，织衫绣花。得闲时，母亲会用粗陶碗盏泡壶野茶，阳光静静洒落窗格，端正安详。或看檐角的雨从天井流泻，带走人世所有的尘埃。

时光流去，再不复返。过往的人事在迂回曲折的山径渐行渐远。母亲尚且搁浅木舟，放下菜篮，去往城市安家落户，我又岂能留于村落，独自养蚕采桑，植茶种梅？光阴催我远行，多年云水辗转，亦不觉是天地间的过客，所寄身之处，全作归宿。

人生百年，春秋朝夕，往来匆匆，凡尘碌碌，余生几何？我自是不肯放纵，亦无多贪欲，心存自然，幽静清旷。但凡有妄念不舍，亦只是痴绝于庭园草木，几件旧物，一瓯清茗，再无其他。若有未了尘缘，且将它交付与时间，纵算今生薄浅，风流云散，来生再续又何妨？

夜色阑珊，秋雨敲窗，片刻光景，恍若过了一生。厨下不见母亲身影，餐前亦无暖酒佳肴，那个许诺了同生共死的人，不知是否依旧情深。时光还在，案几上瓶花不绝，炉火中温着茶，一切称心如意。

久别重逢

这个黄昏，不孤单，亦不悲戚；不生烦恼，亦不觉惆怅。室内一盏古朴宫灯，生出暖意，让人心安。或许这个叫作家的地方，只是我人生的一间驿站，有一天，我会远离这里，找寻更宁静的归宿。但此刻，这里的一草一物，一琴一画，都熟悉而生情，端然有喜色。

一物一情缘，一草一禅心，我所喜之人，所喜之物，皆是说不出的因果。仿佛前世有过相遇，今世哪怕初见，亦如重逢。我是个感性之人，这些年对事物的喜爱，乃至对文字的钟情，皆在内心的感觉。对自然枯荣，人世离合虽尊重顺从，却到底听命于自己的心，不肯迎合。

　　不轻易动心，一旦生情，难以改变。明知情是妄念，不能过执，否则将伤其身，痛其骨，却依旧有许多人义无反顾，不死不休。人生如梦，几度清明，万物皆是空相，却又明明这般真实，寸寸光阴不曾辜负。

　　始终相信，每个人都有前世，或为人，或为草，或为石，但一定以某种方式存在。而今生和前世，亦有着约定，有着一段甚至几段未了的情缘。我们背负着使命，带着债约，投生人世，不求惊他于岁月，亦不图温柔了时光。只想守着一座安静的城，和某个前世有约的人，续写一个故事，了却一段尘缘。

　　宝玉初逢黛玉，只笑道："这个妹妹我曾见过的。"贾母笑道："可又是胡说，你又何曾见过他？"宝玉笑道："虽然未曾见过他，然我看着面善，心里就算是旧相识，今日只作远别重逢，亦未为不可。"

　　他将黛玉当作旧相识，将初遇当作远别重逢。事实上，宝玉和黛玉的确有过一段前缘，他是神瑛侍者，她为绛珠仙草。她对他的灌溉之恩郁结于心，不尽缠绵之意。故有了今世那解不开的爱恋，消不尽的愁思，以及耗不起的等待。但他们的木石情缘，终不得结果，她眼泪流尽，还清宿债，含恨而去，自此再不牵情挂爱。

　　总有那么一个人，是你前世今生所要寻找的风景。他也许不是你最后的归宿，却必定要与你共度凡尘一剪光阴，和你许下几段生死诺言。缘浅的，不过相伴走过一程山水，便转身道别，不复与见。缘深的，或许可以携手白头，但终有一日，各自离散，重逢无期。

　　人世苍茫，如何才能在恰好的时候，遇见那个恰好的人？那时，他未娶，你未嫁，又或者你们从未爱过，只将唯一的真心交给彼此。纵是有缘，也未必会是你梦中的想象，一如黛玉和宝玉，一如尘世中的你和我，永远有填补不了的遗憾和缺失。

　　多少人许下地老天荒，几生几世的盟约，然而今生都不能过好。短则几月，长则三年五载，之后山长水远，再难遇合。那些生世之约，不过成了云烟一缕，来时有情，去时无意。虽如此，我们每个人又在多变的人世，经历轮回，爱恨聚散皆不由己。

　　听王菲的《心经》，空灵，干净，悠远，宁静中又带着淡淡的忧伤。此刻，任你处喧嚣凡世，亦可以参悟一点禅心。"心无挂碍，无挂碍故，无有恐怖，远离颠倒梦想，究竟涅槃。"佛法无边，只度有缘人，纵是皈依法门，仍避不了哀怨情仇。唯万境皆空，方能不生不灭，不垢不净，不增不减。

我匆匆而来，匆匆而去，带走的是流转的风景，留下的是寂寞的人生。我亦爱过明朗似玉的人，有过温柔缱绻的情事，许下过永远都不能兑现的诺言。有情又无情，是爱实非爱。有些人依旧存留在记忆深处，偶然会想起，有些人则随了光阴幻化成尘，仿佛从不曾遇见。

我清冷似梅，素日不与人相好，但凡有亲近者，亦对我只是远远望之。我总是负人，后来也被人所负，虽无意，却到底相爱相伤。

人生有多少遗憾，似那滔滔江海不能填满，可总是会过去的。凉薄错误的人，荒唐可笑的事，只当作人生的劫数。佛祖修炼尚有千灾百劫，更何况凡人俗子？一切苦难，都是必经之路，无恐怖，亦无伤悲。

有时，我总会恍惚地觉得，外婆和小茶冥冥中就扣住了某种不可言说的因果。外婆是我尘世中最为挂牵的人，我与她之间宛若暖阳春风，相近相亲。她温柔恬静，朴素端庄，安于农庄小院，过简约的生活。她漫长的一生经历无数浮沉起落，可任何时候都让人觉得淡然心安。

外婆离世，小茶到来，是劫亦是缘。我与小茶时常生出久别重逢之感，她原本就是我的小小女儿，母女天性，自当相亲。可几番梦里与外婆相遇，醒后所发生之事，皆与小茶相关，那么巧合，又那么自然。记忆最深的是，外婆怀抱小茶交至我怀里，深情的眼眸，继而飘忽远去的背影，当真是至死不忘。

外婆是那庭院茉莉，安静端雅，不争不扰。小茶则是山间白茶花，轻灵脱俗，自在无拘。她们在今世人间从未谋面，却一样骨肉亲情，有着割舍不尽的牵挂和依恋。外婆离开时对我有诸多不舍，怕我一个人尘海飘零，孤独无依，怕我背着行囊，无处寄身。以后的人生，有小茶陪伴，自是可以抵消人世风尘多年的孤苦。

我和外婆今生缘尽，不知来世是否有可期之时。我与小茶此生情缘当如山河草木，悠然清远，无有尽头。因为我知道，纵算有一天她为了抱负，为了情爱，离我远去，亦会归来。那时候，我或许又经历了几度沧桑，但仍旧是初时的我。

　　人生聚散无常，也许是因有那许多的散，而后才有了那许多的聚。聚时欢喜，散后亦不悲凉，相信有缘终会以另一种方式重逢。但我们拥有的，毕竟只是一世人生，来生遥不可及，谁也没有把握，可以与谁前缘再续。

　　过好当下，珍惜一切所拥有的，因为一旦失去，可能就是永远。世上所有的相遇，都是久别重逢，可我们要那么多相遇做什么？如若可以，我愿删去过往所有的相遇，愿今生只有一段缘，只爱一个人，只有一颗心。那么来世再与之相见，便是久别重逢。

我本草木

落叶萧然，冬意深浓，灯光洒在庭院的小桥上，像铺了一层薄雪。这么多年，每至黄昏都有萦绕不尽的哀怨。人生分明已有安排处，我当感恩上苍垂怜，给我一处遮风挡雨之所，免流离疾苦。可内心始终惶恐不安，既无动荡飘忽，又无离恨荒愁，终不知为哪般。

室内流转的琴曲，忒是多情，连草木亦为之动容，凉风拂过小窗，已闻得蜡梅幽香。横斜枝影，在浅淡的月光下若隐若现，撩人心思。它总是在寒冬时日捎来早春的消息，岁岁年年重复着一个简单又清冷的故事。

白日打开橱柜，见精致的花梨木妆奁里整齐地摆放着各式金银珠玉的首饰，当真是华丽深藏。到底是修为不够，竟如此纵容自己，留这许多身外之物，劳神费心。

母亲时常说，万般带不走，唯平安是福。她此一世，金玉不沾身，那么简净的一个人，每每想起，只觉清心，不生俗物之念。

外婆又说，女子当佩戴首饰珠钗，方不负锦绣华年。虽如此，记忆中的外婆早已褪去彩妆，蓝布素衣，清好洁净如晨起时垂露的茉莉。她的那些饰物随着岁月流转、人世迁徙，或变卖，或赠送，或遗失，有的早已有了新的主人，有的被埋没在某个不起眼的角落，无人知晓。而外婆去世时，空荡荡地离开，一粒尘埃也没带走。

是的，我要的人生，当简朴素雅，无有雕琢，处处留白。一如雪中的白梅，连绿叶都是多余，无须陪衬，美得孤独亦惊心。因为我知道，任何饰物于我都将是负累。人生的行囊，应当越来越空，而久居凡尘的心，亦当越来越净。

遥想白居易年轻时以伎乐诗酒放纵自娱，以此来消遣寂寥人

生，涤荡烦恼。然他晚年得了风疾，亦知删繁就简。他卖了宝马
良驹，就连一生最爱的两位侍妾，小蛮和樊素，亦被遣散。"明
日放归归去后，世间应不要春风"，筵尽客散，独掩空门，虽寥
落孤寂，却清静无扰。

人生原本就是在不断地转变，不停地删减。我亦不要繁复，
或许某一天，我将变卖所有的物件，连最爱的玉兰簪子、素莲耳
坠、翡翠手镯、梅花戒指都不留下，就连与它们结缘的故事，也
全然忘记，再不想起。

我的梅庄无有人工修葺的山石亭台，不过是竹篱茅舍，栽种
几株草木，天然古朴。一个人，欲求少了，便可省却许多纷扰，
命运亦不会多番横生枝节。一瓦一檐是人家，一桌一椅是日子，
一茶一饭是故事。

我本草木，何必要金玉相衬，生了俗心，添了旧愁？就连情
感也当素净清白，择一城终老，遇一人白首。如此方能安了心
性，有那闲情雅趣，和所爱之人听雨煮茶，赏花观雪。如此方有
了心灵的归宿，不惧黄昏黑夜，免惊受扰，世事无关。

那日，贵妃给大观园送去端午的节礼，宝玉将所得之物让丫

鬟紫绡送去给黛玉挑选。黛玉拒之，后宝玉问起，为何不挑拣喜爱的留下，黛玉却说道："我没这么大福禁受，比不得宝姑娘，什么金什么玉的，我们不过是草木之人！"

黛玉总说自己是草木之人，她的前生本就是一株生长在灵河岸上三生石畔的绛珠草。她的闲愁皆因情起，她的心病是宝钗和宝玉的那段金玉良缘。黛玉曾说，为何要有金玉良缘之说，纵算有，为何佩戴金锁的偏偏不是她，而是宝钗？

黛玉蕙质兰心，素净天然，对金玉饰物何曾有半点私心？她所在意的，不过是和宝玉的这段情缘，人间富贵于她，不过是花间露水，她毫不眷恋。就连老道士送给宝玉一只金麒麟而恰好和湘云所戴的配成一对这样的巧合，黛玉亦心生妒意。她恼的不是金麒麟，而是金玉之说，只因她是草木之人，无有金锁来配美玉。

曹雪芹给了黛玉一个草木之姓——林，让她一生怀草木心性，居潇湘馆内，和翠竹做伴。众人游园时，所见的潇湘馆是如此景致："前面一带粉垣，里面数楹修舍，有千百竿翠竹遮映"。而黛玉住进大观园之前，亦选定这处居所，说"爱那几竿竹子隐着一道曲栏，比别处更觉幽静"。

　　草木喜静不喜闹，一如我这枝素梅，甘愿一生隐于小户人家，青砖墙院，不被世人惊扰，更不与百花争艳。只做那寻常草木，不名贵高雅，却怡然清新。我的人生亦当如素梅简净，天然之姿，不争不扰。纵算此生无可托付之人，亦当不惧不慌，所谓生死有命，聚散随缘，我到底在忧什么？怕什么？

　　盛世安年，人间虽熙攘繁闹，却随处皆可藏身。有草木之处，亦是幽静，自可修行。过往的一切，或荣辱，或成败，或富贫，或离散，都将淡去无痕。曾经有过盟约的人，倘若依然还在，当好自珍惜，倘若离去，只做今生的擦肩。当各自相安，再无任何交集，祝福亦不要有。

　　而我当下所做的一切，苦乐悲喜，亦都是为自己，与人无尤。芸芸众生，日夜奔忙于世，落得尘霜满鬓，所求的又何尝不是自己的稳妥归宿？又或者盼着有一日，看倦了风物，回到用半世光阴换取的屋舍，和花草做伴，安于平淡，不再漂游，不再迁徙。

　　黄昏时候，只觉一个人好孤独，落在文字的深渊里，不可自拔，又醒透难安。人生碌碌，岁月萧萧，当无谓名利，无谓得失，须半梦半醒。之后，漫漫长夜，反觉宁静安然，亦不怕寂寞。煮一壶茶，在柔缓的曲调里，和瓶花言说往事。

做一株平凡的草木吧，或为茶，或为花，或仅仅只是一棵草。应季而开，循季而落，荣枯有定，不相负，不相欠。我始终认为，每个人都是一种植物，温润，安静，良善也有情。草木之性，浩然之心，清澈如水，无尘亦无波。

就这样被遗忘地活着，没有人记得或在意你的过往前生，亦不计较你有讨的故事。任何时候都那么清白，纵是落满光阴的粉尘，一场大雨便又可洁净如初。人生是否也可以如此，犯下的错，值得原谅，擦肩的人，可以重来？

药草美人

曹植有诗:"南国有佳人,容华若桃李。朝游江北岸,夕宿潇湘沚。时俗薄朱颜,谁来发皓齿?俯仰岁将暮,荣耀难久恃。"美人如香草,兰蕙之姿,各有其色,各有其味,亦各有其心,各有其韵。纵是草木零落,美人迟暮,亦不改其皎皎芳颜,灼灼华彩。

有那么一位香草女子,自小居住在药王谷,种植草药,钻研药术。她冰雪聪敏,料事如神;她善良仁爱,宽容慈悲。她尝尽百草,终研制出一种剧毒七心海棠,最后为了所爱之人,死于剧毒之下,灿若海棠,亦是她最好的结局。

　　她叫程灵素，毒手药王无嗔大师的关门弟子。她不够貌美，却如药草，似杜若白芷，清新脱俗，素静淡然。"·双眼睛黑如点漆，朗似秋水，脸上薄施脂粉，清秀之中微增娇艳之色，竟似越看越美。脸上笑容如春花初绽，浑不似初会时那么肌肤黄瘦，黯无光彩，一言一笑，自有一股妩媚风致，颇觉俏丽。"

　　这是遇见胡斐之后的程灵素，俨然不是初见时那个肌肤枯黄的瘦弱女子。倘若不遇胡斐，她将一辈子不离开药王谷，与药草做伴，守着师傅留给她的《药王神篇》和致命的七心海棠，自在地活。

　　她本可以悠然世外，掌管药王庄，清心寡欲，无牵无挂。她可以每日研习药理，和百草为伴，可以朝饮木兰之坠露，夕餐秋菊之落英。她识百草，解百毒，却不知情为何物。她命定不得安稳终老于药王庄，故会有这场劫数，爱上一个不爱她的男子，负了一生。

　　胡斐的善良厚道、坦荡不羁让程灵素一见倾心。为他，程灵素甘愿放弃药王庄的一切。她背上行囊，为他行走江湖，为他风餐露宿，而他却始终钟情于袁紫衣。

　　她不求长相厮守，但愿不负此心。她种活了七心海棠，自己
却中了这无药可解的情花之毒。她死在所爱人的怀里，无限感慨
地说："我师父说中了这三种剧毒，无药可治，因为他知道世上
没有一个医生，肯不要自己的性命来救活病人。"她自是欢喜
的，纵然此生不能成为他的妻，却让他刻骨铭心。

　　若有来生，她定是那株妩媚的海棠，有着倾世的容颜，绝代
风姿，在最美的时候和他重逢。那时的他依旧是翩翩少年，来药
王谷初见的地方等候。白衣胜雪的她，在满园的药草里，让他一
见钟情。也许，他为她放下恩怨，归隐药王庄，平淡相守一生。
也许，她为他舍弃药草，携手江湖，不惧腥风血雨。

　　还有那样一位香草美人，令人悲伤不忘。她叫公孙绿萼，自
小居住在两座深山之间的绝情谷，于花草中长大，举止间有日月
山川之灵秀，清雅绝尘之风姿。直到有一天，一位英俊少年闯入
这座神秘缥缈的居所，改变了她此生的命运。

　　公孙绿萼虽不及小龙女那般出尘绝代，不似程英那般淡雅娇
柔，也不像陆无双那样俏丽刁蛮，但她的清灵之气，自然之韵，
无人可比。她带着喜爱的少年于谷里漫步，教她尝食情花。"我
爹爹说道，情之为物，本是如此，入口甘甜，回味苦涩，而且遍

身是刺，你就算小心万分，也不免为其所伤。多半因为这花儿有
这几般特色，人们才给它取上这个名儿。"

她也曾被情花的刺所伤，可是因为心中无相思之念，故安然
无恙。可杨过的出现，让原本美丽的情花成了断肠之剧毒。当绝
情丹只剩一颗时，公孙绿萼为了解杨过身上的情花毒，纵身跳入
情花丛中，伤痕累累。最后她心灰意冷，为换解药，决绝扑向爹
爹那把锋利的刀上，香消玉殒，令人哀叹。

公孙绿萼爱得卑微，也深沉，爱得纯粹，也寂寞。她死的时
候，无数人为之叹息，她死后，竟无人将她想起。她只是绝情谷
里百花丛中的一朵情花，此生为一人绽放，为一人凋谢。她死在
杨过怀里，那一刻，杨过身上的毒性发作，短暂的一瞬，他分辨
不清，到底为谁而痛。

他可以为小龙女深情地等候十六年，而给公孙绿萼的只有瞬
间浅浅的触痛。情花之毒，噬心镂骨，唯一的解药便是断情绝
爱。他中了情花之毒，为的是那个久居古墓的女子，与公孙绿萼
无关。她一生悠然来往于绝情谷，遍尝情花，竟不想为一颗解药
而死。她为情而死，死之无憾，只是杨大哥，你一定，一定要
幸福。

如果有来生，她还是幽幽山谷间那清气逼人的绿衣女子，摘食满山情花，纤尘不染。任你英姿少年意气风发，笑傲江湖，她自是芳心不动。假如你恰好打她身旁经过，如果不能给她全部的爱，就请不要再次惊扰她的宁静。

或许是我对药草有着深刻的情结，于是对染了药香的草木美人有着莫名的喜爱。每次与药草结缘，总会想起深居在药王谷的女子程灵素，以及深居在绝情谷的女子公孙绿萼。或许，世间每个女子都是一种叫独活的药草，看似绝美惊世，实则孤独清冷。

我与人间草木有着不能割舍的情缘。父亲为中医，一生打理药草，幼时庭院里时常晒满了各种草药。整个厅堂以及房舍，乃至我衣衫上，皆沾染着药香。幼时不觉药草的美，甚至因身子孱弱，服食过多的中药而心生厌烦。但终是这些药草，解救了芸芸众生，一味灵药，便是千金之重。

我甚至想着回去修整故宅，栽种满园的草药，做个香草美人。又想着承接父业，开一间古老的药铺，不只为济世救人，更为那悠悠药草香气。若我为情花，亦当不生相思之念，安然于幽谷，静美绝尘。不为情困，不为情伤，不为情死。

"扈江离与辟芷兮，纫秋兰以为佩……惟草木之零落兮，恐美人之迟暮。"我亦是那香草美人，无论是长于幽谷云崖，还是落于深宅旧院，皆是清丽绝尘。只安静做一株草，做一味药，不取悦众生，也无须众生记得我。

缘有尽时

　　这是一个寻常的夏日，时有细雨，竹风清凉。楼下的合欢花开满枝头，池中的莲静待故人。凡尘冷暖交织的故事，一如绿植青苔还在细致生长。人世山长水远，看似美景良辰，好梦悠悠，亦不过是梅岭斜阳，终有尽时。

　　东坡先生说，从来佳茗似佳人。于我心底，她便是一壶茶，用百年风雨熬煮，浓郁不失清淡，幽香而又素雅。百年岁月，要经受多少日闲夜长的光阴？又该遭逢多少沧桑变故，灾难劫数？她竟这样从容地走了过来，遇世事而不惊，落风尘而无惧，历生死而不悲。

那个黄昏，我正在远隔尘嚣的村野人家赏湖光山色，听鸟语虫声，听闻她离世的消息，心中了无悲意，竟生出平静释然之感。浮世繁闹，不如归去，虽说百年亦不过寸时，可无尽的时光，到底孤寂清冷，费心消磨。

她该是民国最后一位才女，虽有百年故事，经百年荣辱，在我心中却是一个简单平和的老人。她也许没有民国名媛的千姿百态，柔转情肠，却有着被岁月漂洗过的动人颜色，有着被光阴浸润过的沉静与安然。

也曾是江南水畔的丽人，她的生命本无多少风景，直到晚年走到人生边上，方有了深浅聚散，舒卷沉浮。她的美不会悲春伤秋，更无晴雨不定，而是铅华洗尽，朴素平淡。她漫长的一生也只是和所爱之人平凡生养，书香四壁，共赴深稳现世。

乱世浩荡，荒芜岁月，亦曾一起经历风雨灾劫，但有她在，都从容走过去了。无论处于何境何地，她皆是安然姿态，不惊不惧，寻常相待。纵是经受生离死别，她依旧安稳地守着岁月，守候在亲人身边，给他们以暖，以爱。直到目睹他们离去，把所有的痛苦和悲伤留给自己。

之后一个人的日子只剩下回忆将她供养。她不悲不喜，无忧无伤，浅酌细品过往的美好，无谓将来的离合变迁。她让自己活成一株兰草，历经王朝兴废，流年徙转，独自倚着一扇老窗，听静水回风，与世相安。

其实，真正打动我的，感动世人的，该是她的这么一段话："我们曾如此渴望命运的波澜，到最后才发现：人生最曼妙的风景，竟是内心的淡定与从容……我们曾如此期盼外界的认可，到最后才知道：世界是自己的，与他人毫无关系。"

平淡简约的文字，却有一种过尽浮华的静美。这段话是她所写，或是别人的文字，皆不重要，重要的是，它的存在，恰到好处。一位百岁老人，早已锋芒尽失，她的内敛与沉着，是尝尽人情世味。她如梅，幽幽暗香，横斜枝叶，在月色光影下浮动，美得冷静又平和。

正是这份从容韵致，感染着烟火浊世里的芸芸众生。她让我们觉得，以一种缓慢的姿态活着真好，可以看山看水，看阳光下万物灵性的生长，看梅亭柳畔走过的路人。亦让我们懂得，无论到了怎样的年岁，都要守住内心的纯净，优雅地老去。

漫漫百年，经沟壑坎坷，历时光冷梦，无须惊艳于谁，更不必取悦于谁。行走在红尘阡陌，随时等候踏上那条返程之路，而不管有没有旖旎的风景。有一天我们终将殊途同归。人生最美的，不是相遇，而是重逢。

她说："一九九七年早春，阿媛去世。一九九八年岁末，锺书去世。我们三人就此失散了。就这么轻易地失散了。'世间好物不坚牢，彩云易散琉璃脆'。现在，只剩下了我一人。我清醒地看到以前当作'我们家'的寓所，只是旅途上的客栈而已。家在哪里，我不知道。我还在寻觅归途。"

是的，我们每日奔走于世，寻求安稳，又何尝不是在寻觅归途？这藏身立命之所，亦只是人生客栈，寄存着灵魂。终有一天，我们要归去，那些失散的故人，也许可以重逢，也许从此杳无音信。

她认真地活着，认真地过好每一天，也只是期待以一种最美的方式与他们重逢。她静静地守在他们的寓所，一个人看云听雨，年年如故，岁序安适。她的一生看似漫长，然而故事不多，是那么明净坦荡，有情有义。

她还说，她要洗净这一百年沾染的污秽回家。其实，这百年光景，她只是在属于自己的小天地里平静地生活，过尽沧桑，却又纤尘不染。人世间，寿命不能自主，缘分不可强求。她的内心强大而清醒，一如她的人生，简单地开场，平静地落幕。

我本喜静不喜闹，但凡人喧鼎沸之所，我皆避而远之。繁华的市井亦被我理所当然地拒于门外。我更不想在此时衬景留名，沾染无端的是非。于她，我只是心存敬畏，生了感动，而她一生的阴晴圆缺，我更是所知无多。

有缘的是，我在她的故里无锡，太湖之畔，暂寄了十年。至今我都不知，她曾经居住在哪座高墙深院，又隐于何处人家。此生亦不能与她有过相遇，更无有回眸，只是看一段她走过的山水，读一本她写下的书籍，听一首她喜爱的戏曲，当是足矣。

命运的波澜何曾真正止息，唯有离去之时，方可安静无声。百年也只是一缕轻烟，说散就散，能留住的，当是内心的风景。在这多变的人世，无论悲欢凉薄，皆要深情安好地活着。

——你是我今生——最美的修行——

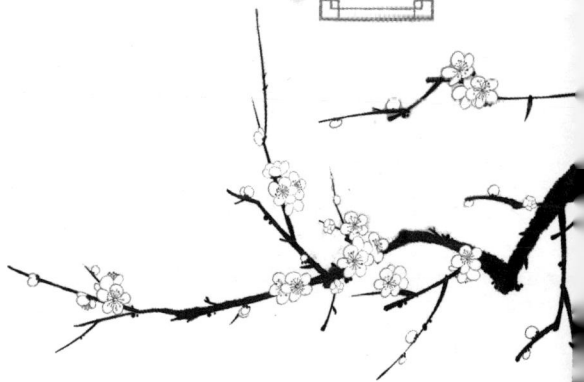

卷六 ◎ 往来的光阴

春日迟迟

《诗经·小雅》有云："春日迟迟，卉木萋萋。仓庚喈喈，采蘩祁祁。"这个春天，仿佛来得有些迟缓，却到底如约而至，燕子过柳穿堂，桃杏繁花满枝。桥上行人缓缓，桥下流水淙淙，有一种现世的华丽，心里生出怅然之思，不知该拿什么来般配春天的美。

我生性素淡，爱清雅脱俗，不喜艳丽之物。幼时与邻居同伴去山间野外采摘花草，亦择清素之色，不爱浮华。采得的山花带至家中，插于陶罐，摆放在雕花的古窗下，月光静静洒落，连梦都是清朗的。

梦里河山，早已远得看不到尽头。那个野地挖荠菜，陌上采桑，檐下剥笋的女孩，已然住进了城市里的小庭别院，过着碗茗清烟的闲淡日子。岁月无情啊，这些年我竟是从苦乐哀怨里走出来的，被光阴执意添了世故沧桑。

记得村庄檐头廊下的春雨都是柔情的，洁净无私，不带丝毫怨意。春阳浩然，雀鸟欢语，日月星辰，人情风物皆是好的，乡间的生活虽简朴清淡，也有闹腾喜气。谁家遇荒劫火难，变卖了田地，典当了饰品，那一切皆与孩童无关。守着柴门茅舍，淡饭粗茶，始终不觉得苦。

此时春光与往年似有不同，又或者每一个花开的季节都各有其风姿，连同身边的人事亦悄然更换，而我大好年华，辜负在了文字里。早春的梅怕是落了满园，所剩无几。说好了择个吉日，带茶去游园踏青，又被我的懒散之性给耽搁了。虽不是承诺，到底失信于她，茶也不哭不闹，赏花之事草草作罢，窗外春光还在。

厅堂有一片宽敞之地，是茶的国，那里有颜细心栽种的盆景，花草茵茵，静美多情。茶将她喜欢的玩具铺放在花梨木桌上，可以独自玩弄一天，不知孤单，不知疲倦。我似乎吝惜给茶的时间，对之亦少有温情，她知我此生与文字纠缠，故对我心存敬意，不以为意。

颜好似人间四月里走出来的女子，明净清澈，若春水春风。记得以往的岁月洒然闲逸，居于陋室，仍自风雅。春赏梅，夏采荷，秋游湖，冬煮茗，其情其心，婉约自然，不惊动人世。如今，她整日沉浸于珠宝玉石，不问世故人情，忽略山光水色，却也妙乐自处，物我安然。

那时春日，外婆安好，父母年轻康健，有一种物正人新的珍重。一场春雨后，庭院青石的苔藓滋长，后山的竹笋拔节，瓦当上挂着谁的叹息，小巷里又不知留下了谁转身而过的背影。那时亦无忧，嬉戏于春溪柳岸，往返在山径长亭，每一日都是佳节良辰。

惊蛰一过，万物醒转，村里的男人去了田地里耕种，女人则于溪边洗衣洗菜，或采桑养蚕，小孩去学堂读书，或于树荫里玩耍。白日里，家里的院门皆是虚掩着的，也无亲客来访，忙碌的岁月却又是那般闲静。人心也是简洁的，各自守着安稳现世，不慕远方的繁华。

幼年的我虽素日与邻伴奔走于溪山野外，拔笋捞萍，但更多的时候是独自檐下听雨，楼头看云。尤喜坐于老人身旁，静听他们讲述久远的故事，看着他们平静和悦的神情，内心宛若杨柳新绿，自然美好。直到有一天，我走出了村庄，过几城闹市，终觉世间富贵荣华都不及竹源故里那一片桃花林。

后来有了梅庄，我漂泊半世，经劫遭难所修筑的小小净土。但这仅仅只是我红尘深处的栖身之所，我梦里的梅庄仍在世外。南方的春，风姿万种，妩媚多情，姹紫嫣红远胜旧时村落的山花野草。可我对此时春光竟无幼时的爱意，心生怅然与苍茫。

春阳下喝茶赏花，也是静的，只闻得茶汤的声息。炉中的香已过半，春风过处，多少不如意之事亦敞亮明净。颜在厅堂的阳光下摆弄她的珠玉，静静地听我诉说曾经的山村旧事。那些与她无关的人，无关的事，却无有丝毫陌生之感，仿佛她也是村庄里的人，和我一起采过茶，听过戏，结缘于今生。

小茶在案几上低眉作画，醉心于她的孩童世界，若有若无地听着我与颜的细语。漫漫春光在窗外游走，浅薄又深远。茶水品尽的杯盏，盘中散落的珠玉，以及小茶随意涂鸦的画作，都静静地搁置着。有时觉得当下的一切恍然如梦，我分明还是那个女孩，倚着一扇老窗，不知世上的愁念与伤情。

幽火炒茶，薪火煮之，那时不解茶的韵味，只知取上一小把
青叶放入壶中冲泡。我爱茶水氤氲雾气与那茶的淡淡清香，喝上
一壶，只觉绵密深长。颜爱茶，亦如我，有时我与她同坐茶室，
从晨晓喝到日落。梅庄常年门庭寂静，然草木有心，待寒梅斜过
窗户，新竹上了屋檐，便知春至。

东坡居士有言"宁可食无肉，不可居无竹"，我则是一日不
可无茶。茶简单安静，无论你走得有多远，背负了什么，一壶茶
便可以让你放下一切，甘于平淡凡庸。我想着，有一日我可以舍
下小茶，舍下人世间种种情缘，终舍不下陪我颠沛流离，风餐露
宿的那盏茶。

或许我是梅花的化身，有时竟觉连喜悦都是清冷的。我与尘
世的一切物事，喜爱的，不喜爱的，皆已平和相待，也无谓计较
得失。内心深处仍是傲骨不减，多少风光虽是好的，也不肯轻易
屈就。我与人相处，清淡无间，不生猜嫌，却又省略浮华，各自
珍重。

看惯了春风秋水来去从容，自知世间多少无理情缘都会有个

了断。生老病死不由自主，日子有时需谦卑谨慎地过，纵是离合无常，也无遗憾。我的前世今生不过是庭院深深里的翠竹杨柳，是那凡妇，朴素含蓄。故梦里所期待的，始终是黛瓦白墙的宅院，依山临水，院外有采不完的野花，摘不尽的春茶，赏不完的烟霞。

岁月待人总是好的，我本无隐逸之心，也知世上许多情意是该珍重的。但生性爱清净，怕一切繁闹之事，愿在小户人家做个婉顺的女子，守着门前几株桃李，不争不扰。蜂喧蝶飞的春光被关在门外，来时安静，走时也无离愁。人世悠长，山回溪转，天道苍茫，终是庭静意幽，消灾得吉。

过去的城

　　每个人的内心都是一座城。这座城宽阔又喧闹，看得见世间万象，装着荣华与清苦。这座城安静又孤独，远避凡尘，只剩下自己的影子。我坚信，只要守住内心的城，无论外界山河怎样浩荡，这里始终安然无恙。

　　慢慢地，忘记了那些打身边擦肩的过客，忘记了以往与谁有过薄浅的缘分。简洁至美，清淡无言，如今我的世界纯净朴素，一清二白。没有鲜花着锦，三五知己亦不需要，甚至连梦也不多做了。就是这样清润的一个人，和平淡的日子相看两不厌，把寂寞的光阴过成一种美丽。

　　过往的誓约以及深情的记忆，终被岁月抹去。有时，喝罢一壶茶，只觉天地明澈，世事留白，而我干净得什么故事也没有。也是，静好人生当从容洒然，无牵绊，无挂碍，更无相负相欠。走过的路，爱过的人，读过的书，看过的风景，都遗忘在那座叫过去的城里，而我是旧城里唯一的主人。

　　相嫌相忘又如何？我与你亦只是有过偶然的相逢，你不曾为我铺过纸，研过墨，画过眉，描过唇；更不曾走进我的故事，参与我的离合，承担我的风雨。我的悲喜，我的灾劫，与人无尤；我的风华，我的端雅，亦属于自己。

　　此刻阳光尚好，浩浩秋意直逼窗前，闻得楼下溪水声喧，风日寂寂。喜这晚秋时节，江山红紫，霜林尽染，世上人家这般深稳真实。光阴大美亦无私，世间万物各尽其能，各取所需，无有离愁和哀思。

　　楼下谁家庭院花草欣然，假山亭台虽是一种简单的摆设，无旷远之势，却也精致灵秀。秋阳静洒阶前，晴光幽意闲远，往日只觉人世飘忽无常，如今却似寻到此生的归宿，再不愿劳心费神。然隐逸山林之心，又总在有意无意之时似光影徘徊，萦绕不尽。

　　到底有执念，有不舍，纵是心中劈山植梅，终是夙愿难了。母亲说，亲人团聚，喜乐平安的温暖，远胜过你独居山庄，静扫落叶的清凉。母亲又说，人生不易且苦短，愿你好梦成真，今后尽心过自己想要的生活，不被琐事所惊扰。

　　母亲虽为村妇，一生行至最远之处，也只是省城。本是性情女子，却与诗书无缘，她一生的时光都用来辛劳持家，相夫教子。与她相亲的，是闺阁的针线，是厨房的碗盏，是菜园的果蔬，是药铺的草药。

　　但她内心的那座城，空阔明净，似秋水春风，无有遮蔽。她许我年少独自漂泊天涯，对我不务正事，经年打理花草，笔墨谋生的生活方式亦是知心解意。到了待嫁的年华，我始终寒窗孤影，她心有忧虑，却无多烦难，对我宽厚慈悲。

　　这些年，我与她相隔山长水远，经历无数次聚散离合，每一次都是那般刻骨惊心。我害怕那双深情不舍的目光，穿透我假装洒脱又薄弱的背影，直抵内心深处的荒凉。多少年了，按说我早该习惯那样的离别，可到底骨肉至亲，看似从容的出走，实则是仓皇的逃离。

母亲依旧守在那座古老的城里，安度流年，朴素简约。她深知今时的我再不是那个背着行囊，孤独遗世的女孩，落魄他乡，寄于檐下。我在梦里的江南安稳殷实，优雅自在，草木相知，茶书为伴。她说，无论贵贱，皆以平常心相待，今日所得种种，不可轻易荒废，当惜福感恩。

我本清淡之人，深知人间功贵如过眼云烟。更知聚散无常，死生不定，自当遵循人世法则，荣枯随缘。母亲说，她不想用她深沉的爱牵绊于我，她只愿我做那株清雅的梅花，远离伤害，不落灾劫。那位年轻时容颜秀美，风姿绰约的佳人，如今已鬓发成雪，沧桑满面。只是她依旧美丽，有一种平和安详的美，让人踏实心安。

如此，我便可以静守我的城，我的梅庄，写字煮茶，悠然自喜。生命虽渺小卑微，亦高贵端雅，世事如戏梦，也真实有情。我心坦荡无愧，以后的日子，自当无忧患惊惧。过往虽有遗憾缺失，有破碎悲伤，回过头，不过是雨后一场明净的风，又能奈何？

诺言很美，温柔也善变。荣华让人安逸，亦使人懒散，只要内心富足坦然，一切得失成败，皆可有可无。流光锐利，易将人划伤，看罢缘起缘灭，纵然明日如秋叶离枝，匆匆赶赴死亡，亦要从容相待，不惊不哀。

窗外阳光清朗，炉中的茶水已沸，不管有事无事，皆在一盏茶汤里消磨光阴。母亲曾说，我是室内幽兰，不宜多晒太阳，亦不可经受风雨，可这洁澈秋阳分明撩人情肠，又不肯惊动岁月。愿我数日来的咳疾在这晴光下慢慢消散，从此再无纠缠，似故人远去。

此时，小茶在厅堂独自摆放她的玩偶，沉浸于她的小小世界里，纯净喜悦。颜借着午后的阳光，端坐花下，把玩她喜爱的珠玉，安静美好。而我于桌案前，敲着细碎的文字，记录简单的心情。远方的母亲在她的南城，不知与谁絮说她的人生旧事。

这壶茶时暖时凉，我们的杯盏时满时空，一如人生阴晴难定。我问颜，倘若有一天，今日所得一切皆烟消云散，付之东流，会如何？她说，纵是一无所有，清贫如洗，亦无所忧惧，大不了重新再来。年轻真好，可以毫不吝惜光阴，更不怕虚度时光，静心做自己想做的事，爱自己想爱的人。

错过的亦无须在意，失去的更不必伤怀，守着简单的物事，

喜好随心。颜说，无多想法，只要一个明净敞亮的庭院，在里面
侍花栽草，玩珠弄玉。简约古拙的装饰，一桌一椅，一茶一席，
便可抵挡世间一切变幻。

人生散淡是清欢，任何的修饰和雕琢都是多余的。在最好的
年华，爱最美的自己，是福气。做一个从容优雅的女子，简洁不
失精致，沉静不失娇媚，端庄不失风情。似雅室兰草，清芬无
尘，低眉含笑，顾盼生姿。用一颗纯净的心，看往来的芸芸众
生，安住当下，不念过往，不畏将来。

这样也好，将昨日一切都封存在过去的城里，自此与之风景
相忘。若真有宿命，当早已安排，或生或死，或贫或贵，或聚或
散，不必计较在意。以后亦当随心随性，无论炊烟人家，寻常巷
陌，楼台屋檐，皆可作隐身之处，皆可安然静好。

还忆西湖

我是赴约而来，赴一场千年的约定，亦是一段今世的情缘。江南清秋，西湖风景明丽深远，毫无遮蔽。这座城因为西湖山水减弱了一些王气，多了几许柔情。山河更替，粉黛春秋，人世这般山长水远，千古游人亦是这般善感多思。

江南风流之地，总让人生出怀古之心。临安旧迹，南宋遗风，此地出过多少帝王将相，又走出多少才子佳人。每次邂逅山水小桥，途经寻常巷陌，都想安居下来。愿长留平凡百姓宅院，做个街坊小户人家，守着简约日子，淡泊无求。

说不爱世间富贵荣华是假的。我内心深处到底眷念烟火人间，时常为一些微小的事物感动不已，对伤害自己的人从不生恨意，相逢是缘，皆要温柔相待。无论今生爱与不爱，终有离散的一天，愿我可以与你微笑道别，从容不惧。

看罢世间多少流离，犹惧尘海飘零。湖山亦有情，不负众生山水痴心。当年苏小小也是舍不下西湖的秀水灵山，用尽一生的情感，埋骨于此。千百年来，唯留一座孤冢，在西湖之畔，静看四季风物，过往碌碌行人。

泛舟西湖，暗光水色，青山半隐，过小桥烟柳，远离人烟。平湖如镜，皆是水气，偶有鸥鸟飞过，终是无有牵挂，成了转身即逝的风景。尘世与湖心只是一桥之隔，竟恍若前世今生，此处水墨氤氲，桥的对岸雾霭迷蒙。

我此生错在多情，对草木山石，春风秋水，梅花翠竹皆有无限情意；亦错在重诺，为了一个飘忽的诺言，倾付一生的情爱与热忱，至死不渝。于西湖，我只是一个微不足道的过客，西湖于我，则是过尽万水千山所寻得的归宿。

西湖本没有故事，这里的山水两情相悦，不与世人争欢。是我们贪恋这儿的景致，让原本清简的风物华丽深藏。后来，这里的草木砖瓦都成了古迹，长亭短巷亦都生出故事。我爱它淡妆天然，亦爱它风流雅意。

我曾在深冬时节去西泠印社赏梅，迈过门槛的那一瞬，邂逅那株盛放的梅，仿佛和前世的自己深情相认。此后，梦里千回百转的，始终是那个惊艳的瞬间。那场迷蒙的烟雨以及西泠草庐里氤氲的茶雾，温暖了整个寒冬。

此时江南清秋，本该桂子绽放，明丽芳香。奈何一场风雨使之繁华落尽，丝毫闻不到它馥郁的芬芳。难道是我这株梅花遮掩了整座杭州城的桂子？自古梅花多傲骨，亦只是暗香浮动，又如何会与别的花木争艳？

倒也惊奇，西湖归来，满城的桂子又仿佛在一夜之间全部盛开。开在江南美丽的午后，文静亦喜气，华丽亦淡雅。它走时潇洒决绝，来时风情妩媚。不为世间任何一桩情事叹息，亦不为红尘任何一个背影守望。

而我的魂灵还留在西湖的浩渺烟波中，始终不得归来。那日，水光潋滟，西湖泛舟，途经曲院风荷，过石桥杨柳，抵达漫漫湖心。船夫似亦被那人间画境所感染，桨声缓缓，不忍流转。

西湖的鸥鸟不惧生人，掠水而过，栖于枝头，怡然自得。

　　船夫顺水撒网，捞得几只螃蟹，笑容满面。只道夜里归去与家人品酒食蟹，浮生如梦，一醉方休。西湖的船夫经年累月地被山水浸润，自是有情。他说，十年修得同船渡，这数十年的泛舟生涯，不知结下多少缘分。我于他只是西湖波心的一个微小涟漪，转瞬即逝。

　　杭州有句名谚："晴湖不如雨湖，雨湖不如月湖，月湖不如雪湖。"择一雨日，再次泛舟西湖。蒙蒙烟雨中，西子湖仿若打翻了墨盒，千年的翰墨静静流淌，水天一色，无有边际。而我亦成了西湖的风景，在山水中烟视媚行，风姿绰约。

　　张岱《湖心亭看雪》写："崇祯五年十二月，余住西湖。大雪三日，湖中人鸟声俱绝。是日更定矣，余拏一小舟，拥毳衣炉火，独往湖心亭看雪。雾凇沆砀，天与云、与山、与水，上下一白。湖上影子，惟长堤一痕、湖心亭一点，与余舟一芥、舟中人两三粒而已。"

　　西湖之景，亦如浩浩人世，风晴雨雪，无有尽藏。但凡静美山水，照影惊心，皆生旷远禅意。人在日月山川里，终不忘烟火俗世。回到紫陌红尘，古城闹市，还是做那个煮茶烧饭的寻常女子，守着斜阳庭院，随缘喜乐。

每每于桌案品茶写字，自觉端庄安详，入情入理。窗外四时风景悠然而过，不必说盟言誓，所历之事，件件皆真。世事无定，怀中之锦袋里藏着金银细软，沉甸甸方觉稳妥踏实。日子亦是如此，安享粗茶淡饭，一切自然平静。

世事山河，多少兴亡沧桑，恩怨离合，亦不过是流年里的云影日色，不落痕迹。虽历秦汉硝烟，唐宋风云，明清雨雪，到底江山依然，岁序如故。看似年景凋敝，飘忽仓皇，百姓人家依旧平淡，人间现世终究无恙。

西湖的山水就是这般从容坦荡，千百年来，陌上行者皆是过客，亦为归人。春风桃李，秋叶白雪，四时无常风景，皆让人谦逊喜爱。明明遭遇过劫数，历经过沧桑，却始终清白，像从来没有发生过任何故事，干净美丽。

我此生愿如山水，惊鸿照影，含蓄风流，美得清明亦贞静。无论到了什么年岁，皆千娇百媚，端正安详。人生一世，修行一世，我亦不过是在悠长岁月里修身克己。宁愿落入俗尘乱世，做个凡妇，也不肯常伴春花秋月，悲情一生。

　　来时秋阳明净，恰如最好的年华，走时唯有烟雨，淡淡送离。不知是割舍不下西湖的山水，还是舍不了那段注定的尘缘，又或许都不是。内心空落，无处安放，仍是静静的，不需要任何安慰。一切留待给将来，山水还在，日子亦是长长的，无有尽头。

十年尘梦

　　冬阳温和，阳光细碎地透过萧疏的枝叶，斜斜地洒落进来。弥漫的粉尘不知从何而来，不知飘去何处，却到底不能着于我身。六祖惠能有偈语："菩提本无树，明镜亦非台。本来无一物，何处惹尘埃？"

　　内心的清透明净可以抵挡世间一切浮尘乱烟。我的世界似乎越来越安静，简单，无论晴雨冷暖，案几上摆放的永远只有一盏茶。这盏茶可以洗去铅华，抵消万千风景，令我过世事而从容不惧，遇灾劫而无恙无伤。

　　是的，我心坦然，人生多少悲欢浮沉，已是经过。名利似烟，情如朝露，皆是来去匆匆，纵算你尽心尽意，依旧若滔滔逝水不可挽留。宿命无常，起伏难测，唯内心波澜不惊，方可止息。我说了，什么都可以失去，万事皆可放下，只要余生有喝不尽的茶，赏不完的花。

半世风雨，十年尘梦。周作人把茶喝出了境界，得半日之闲，可抵十年的尘梦。十年，短暂亦漫长，不过是几个春秋的更替，足以让一个人经历无数次生死离别。十年，不过几场花事，几度飞雪，又足以让红颜成白发，让沧海变桑田。

沈从文说："我行过许多地方的桥，看过许多次数的云，喝过许多种类的酒，却只爱过一个正当最好年龄的人。"这个人是张兆和。在年华正好时，他们发生过一段铭心刻骨的爱情。可最后，他们之间亦生了隔阂与疏离，没能同生，亦没有共死。留下赏心悦目的文字，让世人去追忆他们当年的情投意合。

十年前，我亦年华正好，一个人背着空空的行囊，有踏遍河山的决心和勇气。带着天南地北的尘土，来到山水江南，这座有梅花的城，有大佛的城，这座有人文气息的城市，亦是孤独的城市，后来便再也没有离开。然而这里并无故交，亦无可依恋，我看似安稳富足，实则依旧形单影只，空无一物。

我想着，有一日就算离开，亦不过是回到从前，一贫如洗，又能如何？我所改变的，只是被岁月老去一点沧桑，该我有的，依旧还在，不该我有的，早已远离。或许这世间本无故乡，亦无旧土，你所喜爱的人在哪儿，家便在哪儿。又或者你将梦搁置在哪儿，你的归宿就是在哪儿。

有些人，相逢刹那恍若故知，有些人，走遍千山形如陌路。我当是心性淡然从容之人，一生良善磊落，不攀附于权贵，不牵挂于世事，亦不相欠于众生。我眼中的人情物意，皆是好的，虽与我无多相亲，却到底不生纠缠。我心中的山水草木，皆有禅心，纵不能朝夕做伴，亦是情深不减。

那日见一上了年代的青砖，中间凿开，栽种野生菖蒲，十分古意。心存欢喜，将其购来，摆放于桌案，煮上闲茶，与之相看生情。菖蒲叶片飘逸而俊秀，安然于老砖，苔藓裹茎，若深山隐士，被移居红尘，不改淡泊之心。

有位故人一生清简素淡，她说，万贯家财要的也只是平淡的衣食住行。她不爱金银珠宝，亦不喜玉粒金莼，远离奢华骄纵，亲近简约朴素。她若兰草般清雅素颜，衣饰干净无华，却又是世间好山好水所不能及的。她生活中的物品没有华丽修饰，总是那么安静天然。

我多年文字修行，不及她片言只语。素日里，尽心费神想要删减的物件，于她从来都是空无。多好的一个人，一如雨后洁净的清风，如晨晓那朵含露的茉莉，更似这山野中寻得的菖蒲。十数年不见，以为添了世故尘霜，换了情怀初心，再相逢，还是旧时模样，离我不远不近，无情胜有情。

人生当知取舍，我亦不爱繁复奢侈，对玉石草木之心却始终有增无减。于茶，更是情深意长，一日无茶不宁不欢。我又说，世间万物我皆可割舍，千金散尽亦不惆怅，甚至有些期待，有那么一日，一个人往返于天地间，了无牵挂：或藏身于尘海乱世，或寄情在山林乡野，或漫步于幽庭小园，皆一样心肠，万事无关。

那日宝钗生辰，点了一出《鲁智深醉闹五台山》。其中有一支《寄生草》，填词极妙："漫揾英雄泪，相离处士家。谢慈悲剃度在莲台下。没缘法转眼分离乍。赤条条来去无牵挂。那里讨烟蓑雨笠卷单行，一任俺芒鞋破钵随缘化。"

而后宝玉好似顿悟，自觉心无挂碍，从前碌碌真无趣。他生来不喜名利，爱胭脂红粉，恨自己生在侯门公府之家，愿此身漂到那鸦雀不到的幽僻去处，随风而化。他最后梦断尘寰，亦是因为林黛玉的仙逝，情绝缘尽，不然他于这人世尚要纠缠不休。

这世上总有一个人，一件物，一桩事，是你放不下，割舍不了的。我虽不是一个忧深虑远的人，亦终有了却不尽的缘分，有不得释怀的情事。只是，曾经那个足以让我地动山摇的人，有一天与我离散，甚至不复相见，我亦该让往事随风。从今以后便再无可牵缠之事，无可知之心，更无可喜之人。

是啊，做个空无一物之人，无论行至何处，都轻松洒逸。屋舍里诸多旧物，皆付出过情感，甚至与之有过故事，待到转身之时，又怎会换不了一次回眸？一事一物皆为负累，一花一草总是关情，莫如当下便慢慢舍弃。把日子从有过到无，把一壶茶由浓喝到淡。然后，天地清明，梦也多余。

十年光阴，倏忽而过。放不下的人，早已丢失，舍不下的事，早已忘记。不是所有的故事都需要安排一个结局，千百年来，多少旧事被岁月的风尘遮掩，成了永远解不开的谜。是我们太过认真，还是人的一生必定要用这些风景来填满？

　　之后，还有多少时光可以用来消遣挥霍，不得而知。无论世事如何变幻，我亦是听之任之，不再计较，不生愁思。端然行走在阡陌之上，风和日暖，多么庄严的太平盛世，沧海一瞬，桑田随缘。

往来的光阴

白居易有诗："已讶衾枕冷，复见窗户明。夜深知雪重，时闻折竹声。"这写的虽是他谪贬江州司马时的孤寂心情，却淡雅清新，韵味无穷。那时白居易落魄江州，无有佳人相伴，偶遇琵琶歌女，与之惺惺相惜。写下"同是天涯沦落人，相逢何必曾相识"之句。

今日大雪节气，时令徙转，刹那芳华，这般仓促，这般不由人。儿时闻得大雪，心中喜悦，得知年关将近，辞别旧岁，换上新颜。母亲腌制咸鱼腊肉，晒满了庭院的竹篙和竹匾。幼时记忆里，年年逢瑞雪，岁岁是丰年。

大雪无雪，不见皑皑苍茫之色，亦无萧瑟寒冷之意。我独自坐于暖阳铺洒的榻前，喝茶吃果子，安然静雅。当下的一切万般皆好，不忍亦不许谁轻易闯入我的生活，惊扰我的平静。但凡再有丝毫的变动，我自是不愿，纵千金散尽，亦未必可以换取人世清欢。

电话里母亲教我腌制萝卜干，乡音亲切又熟悉，那阔别已久的音容，仿佛又在眼前。母亲虽心里挂念千里之遥的我，却多番劝慰，告知心安。她说，以后的日子，只要找平安并心便好。过往的愁虑依旧，丝毫无减，却愿意为我妥协，自此听信缘分，不再强求。

母亲虽为乡间凡妇，一生不经繁华，也未曾去过更远的地方，看山看水。但她内心始终有一潭清泉，明澈见底，惊艳我心。这些年若非她的纵容，我亦不能漫随心性，任意浮沉。内心有彷徨与不安，却到底不被拘束，来去自如。她的恩宠成就了我现在诗酒琴茶的生活，也注定了我的孤独寂寥。

有时我在想，前世我定然是一个安分守己的凡妇，把贤良淑德都用尽，此生才会落不了烟火俗尘。素日里，我喜爱将屋舍打理得齐整干净，收叠的衣物，摆放的器皿，皆是恰到好处，一尘不染。亦爱一个人静静于厨下，细致地烹煮美食，心存感动和欢喜。更爱酿造花酒，腌制腊味，仿佛可以留住那些轻轻远去的光阴。

人生若可以重来，我想依旧会以这种方式存在。尽管我期待世间平凡的幸福，但我不能违背心意以及今生的使命。幸福到底是什么？有一个安稳的家，相夫教子，一生平淡亦未必是幸福。每个人心中所求不同，万物有得有失，你拥有了美好的梦想，就会失去简单的幸福。

我今日所得种种，亦是付出了代价的。世人只见我花团锦簇，诗酒琴茶，可知我寒窗孤影，红颜白发；见我栖居江南，山水如画，可知我漂泊流转，老去韶华。结缘文字，寄身梅庄，拥有小茶，以及心中的山水草木，足以抵消十余载的风尘漂泊。还有什么可争，又有什么不满？

庭园的叶子一天天地落，心中时有不安，恍惚还有未了之事，未尽之缘。与西湖相约已有数日，眷念西泠印社的那树梅，以及楼外楼的那壶酒，那盘龙井虾仁。还有那座似水年华的镇，总想着某个黄昏，独自背着行囊，悄然投宿在一家不知名的客栈，临水，看乌篷船往来，与每一个路人擦肩，却不回眸。

是我太过贪恋深居梅庄的安逸恬淡，还是骨子里已然厌倦了风尘，又或是始终有放不下的事和牵挂的人。江南仿佛没有冬天，唯有雪落之时，才觉寒意侵骨。阳光这般静好，园中的蜡梅已开，杨柳还没发芽，窗外云来云往，一切如我所愿。

人总说，去遇见未知的风景，以及未知的自己。而我所留恋的，则是那些曾经熟悉的景致。因为相遇过，便生了情愫，总会在百无聊赖之时，期待与之重逢。比如某座许下过心愿的古刹，或是西湖的山水，比如我买醉过的一家酒铺，或是一间清淡的忘记名字的茶楼。

我心中想要去的地方真的不多。那些未曾谋面的风景，在书中读过便可作罢，无须亲历亲尝。千古人事相同，多少历史风物，多少锦绣河山，都散作尘烟。纵使我途经了它的时光，留下了故事，也只是一个微不足道的过客。我愿自在如风，不为古物迷茫，更不为世人停步。

是的，我宁可静坐窗下，于一盏茶中消耗光阴，也不愿去看市井繁华，亦不慕名胜古迹。没有人知道，我多么地向往安稳与平静，期待做一株山林的老树，一直修行，一直不被迁徙。也许，永远看不到人世的喧闹，看不到更辽阔的云天，但是不必飘零，无须相争。

山静似太古，日长如小年。我的梅庄早已掩上世味的重门，
偶有客人来访，亦只是小坐片刻，匆匆离去。如此守着江南的一
小片天空，翠竹晴光，梅花冷月，只要一位故人，足矣。再无可
忧之事，可遇之人，我陪衬着光阴，光阴亦陪衬着我。

我是个散漫随性之人，内心又端静细致，于生活不喜计较，
却过得丝毫不糊涂。焚香的香炉，喝茶的茶具，插花的花瓶，乃
至用餐的碗盏，都不肯将就。却从不过问柴米油盐酱醋茶，不问
价值几何，不知物价涨跌，亦无谓人情往来。

如此随意，又何尝不是一种福报？那些烦急忧愁的日子已然
过去，余下的是闲淡和清欢。无论去往何处，流落何地，或是遇
见怎样陌生的风景，都无所惊惧。因为有一个地方，会将我收
藏，这里不华丽，却简净；不宽广，却安逸；不繁闹，却隐蔽。

倘若可以这样藏身一生一世该多好，与院里的草木，安静相
处。怕人生浮沉多变，世事变幻莫测，多少念想，难遂心意。此
生最忧心的，是居无所定，怕寄身檐下，连搁放茶盏的地方都没
有。其实人如草木，草木无非经历荣枯，而人不过经受生死，我

之所忧，看来真是多余。

母亲说，她以为此生会留在那个古老的村舍，竟不想，也要经历几度迁徙。她又说，虽已是暮年，却依旧不知离开的那天会葬身何处。但母亲是个通透之人，她说天下河山皆可葬身埋骨，多少帝王将相尚且如此，更何况百姓乎？原本伤感之事，在母亲看来，太过寻常，我听罢亦内心平和。

她是万般不要，只图平安。人生原该如此，疏淡，清宁，从容，是时候放下执念和妄想了，宽恕别人，谅解自己。这个节气，既无柴门闻犬吠，风雪夜归人；也无孤舟蓑笠翁，独钓寒江雪。

窗外阳光静好，坐下来，煮一壶沸水，冲泡一盏普洱，不争不扰。风过处，乱红飞舞，美到无言。

游园惊梦

习惯了一个人掩门遗世，碗茗轻烟的闲静光阴，竟忘了红尘还有许多未曾触及的风景。始终觉得，安静的独处远胜于和万千行人摩肩接踵。人性散淡，唯山水草木清欢，不增不减。内心清淡，方为真正的从容旷达。

《牡丹亭》里的游园惊梦当为旷世经典，无可超越。杜丽娘一句"不到园林，怎知春色如许？"读罢令人心神摇荡，好处难言。也是，春日园林，画廊金粉，池馆苍苔，好景艳阳天，万紫千红尽开遍。

这是杜丽娘的园林，而林黛玉的潇湘馆，则是这般光景：

"一进院门，只见满地下竹影参差，苔痕浓淡，不觉又想起《西厢记》中所云'幽僻处可有人行，点苍苔白露泠泠'二句来，因暗暗地叹道：'双文，双文，诚为命薄人矣。然你虽命薄，尚有嬷母弱弟；今日林黛玉之命薄，一并连嬷母弱弟俱无。古人云"佳人命薄"，然我又非佳人，何命薄胜于双文哉！'"

千古佳人，薄命一般同。但人生不只是被孤独冷落占据，还有许多明净的风景等着你去赏阅，有许多温暖的故事等着你去倾听。我喜静，世间万物，我亦皆爱，但钟情尽意的，寥寥无几。大美河山，有时于我也只是一种简单的存在，不及那明窗下的一件老物，一盏清茗，一株草木。

我心淡泊，从来都是人珍我弃，人弃我取，名胜古迹，亦在于一份心得。午后，踩着细碎的阳光，素妆缓步，游园惊梦。江南的古园林婉转灵秀，庭台山石，水榭回廊，处处景致皆可乱人心目，不能自持。

寄畅园曾为惠山寺的僧舍，后辟为园，名凤谷山庄，又名秦园。江南园林带着江南的精致和温丽，亦带着江南的妩媚和风情，更寄寓了主人的幽思和情怀。清时几代帝王几番巡游江南，皆行至此处，喜其古韵天然，爱其淡雅幽致。取泉涧，煮一壶佳茗，于案几上泼洒宝墨，亦藏文人之风雅。

初冬的园林自是不及春日那边姹紫嫣红，百媚千姿，却亦是良辰美景正当时。整座园林被千万盆菊花所环绕，顿生淡泊清远之意趣。只是晋时那位一生爱菊的雅客不知去了何处，若他见今日园林风光，又会生出怎样的感叹，写下怎样的辞章？

或许，陶潜独爱的，是他南山的菊花，是那村庄田园，竹篱院落里的一小片宁静岁月，无有大的风雅，只是浅淡的情致。仕途功名于他早是前生之事，那时的陶潜，只是一个寻常的百姓，在自家小院栽菊问松。偶与山庙的僧侣对弈吃茶，读经说禅，量晴校雨。

花草与一个王朝的命运相关，亦和人的性情相关。陶潜寄情于菊，自知误落尘网三十余载，终携淡泊之心，隐逸南山，此生再不入仕。"满纸自怜题素怨，片言谁解诉秋心。一从陶令平章后，千古高风说到今。"那日林潇湘一首《咏菊》夺魁，所吟的亦是陶公爱菊花高洁的品格。

都说宋人独爱梅，难道我的前生有一世曾风流于宋代？在宋朝的某个山林，某座庭院，栽梅煮茗，和三五知己，填词作令，风雅无限。又或是如同林和靖那般，有幸得一雅地，隐于西子湖畔，结庐孤山，和梅花与仙鹤做了一生的人间仙侣。

数十载的寂寞光阴，独有梅花相伴，仙鹤作陪。偶乘小舟遍游西湖诸寺庙，与几位高僧诗友往来，再不与红尘有任何的交集。心性恬淡之人，山水皆有灵性，草木皆禅，人世间的富贵荣华，恰似云烟，稍纵即逝，不存于心。

我喜爱的梅，当在寒冬绽放，于江南的某处园林，疏影横枝，斜倚在雕花的瓦檐下。梅的幽香冷韵，自是百花所不及，于霜雪下，开得那么倔强，那么孤傲。其余的季节，它只是一株寻常的树，纵有过客打身旁走过，亦是不肯回眸。

一如此时的我，寻幽在一间修竹阵里的茶馆，青石上覆满苔藓，落叶满径。讨得一杯龙井，打发冬日午后清寂的光阴。池亭静水，往来如织的行人，于我不过是可有可无的风景。我心清宁，不过借这幽静之所，喝杯淡茶，寄怀远思。

古时深宅大院，红墙绿瓦，又岂是人人可以游园观赏的？如今，已是旧时王谢堂前燕，飞入寻常百姓家。蜿蜒青石的路径，斑驳锈蚀的铜门，仿佛还有当年帝王将相走过的影子，留存着他

们的温度。世事沧桑，老旧的只是风物人情，时光仍旧静好，不
改初颜。

世人皆爱寄畅园的静雅风光，我却独喜惠山寺后院的一处清
幽之所。唐人有诗："曲径通幽处，禅房花木深。"这里的草
木，比之别处，自有一种风流底蕴，灵气逼人。小小园林因四时
不同，而景致不同；人心不同，而情境不同。

我与这里无有约定，却年年相逢，至今已有十余载的尘缘。
它伴我走过漫长的岁月，陪我历尽尘世坎坷，亦知我种种人生境
遇。这里的一花一叶，一石一木，皆有禅心，通晓过去和未来。
我于它不过是一个微不足道的行客，它可以预知我的前世今生，
亦可以转瞬删去一切，当作我从不曾来过。

佛说，圆融自在，万境皆空。这座千年园林，看似有历史人
文，有情感故事，却也只是空山空水，空无一物。而我亦不过是
空空一人，忘记过往，不知将来，只存活于当下。人世三十余
载，除了一身的风尘，还有些什么？又能带走些什么？

日影飞过，落叶萧萧，光阴流去匆匆，有痕亦无痕。世间所
有的缘起，都有缘尽之时，纵有万般放不下，亦要割舍。比如这

劈山修园的僧者，这凿池筑亭的主人，他们亦只是借住了一段时光，和我们一样，是这里游园的过客。在自己所爱的季节里，做了一场梦，不惊扰山神，不惊扰佛陀，更不惊扰众生。

恰如我那前院栽花，后院煮茶的庄园，恰如庭院里那几株梅花，有一天，它们的主人亦不是我。而今生陪我做一场游园惊梦的人，又会是谁？你听，那执柳的书生，低低地唱：则为你如花美眷，似水流年……

自由的风

　　说好了到了这年岁再不理是非，不问尘事，不取悦别人，更不为难自己。果然，我成了一缕自由的风，独自行走于江南山水之地，邂逅一些想要遇见的风景。以为可以如此背着行囊，在某座城市，任意停下来，不再离开，然而，我只有短暂放逐的勇气。

　　和喜欢的人看世界，残山剩水也风流有情，与喜欢的人过日子，粗茶淡饭也弥足珍贵。经历了十载的风雨沧桑，辛苦奔忙，方有了今时的散淡闲逸，温暖富足。是的，我应当把日子过成诗，天涯处处皆可藏身。任何地方都有一间安稳的屋舍，有一盏属于自己的茶。

往日，内心总是多生忧惧，看到湖光山色，翠绿桃红，虽心存欣喜爱慕，亦不敢逗留。遇见有情怀的城镇，有眷念与不舍，也只做过客。或许是此生注定情多，见山水有泪，感草木有心，不轻易承诺谁，更不敢轻易背弃谁。看似洒脱自在，然所走之路，所做之事，皆有所羁绊，不可随心。

时常想着，一个人去往任何想去的地方，无有牵挂，亦无愁思。就那样被遗忘地活着，安静于某个小院，看流水轻烟，赏春花秋月。流年匆匆，一半岁月给了过往，剩余一半给了未知的将来。也许我们所能做的，只是稳妥地过好当下，不生猜忌和惆怅，也不留遗憾与悲凉。

看到一段话，心生感触，甚是喜欢。"多艰难的日子，也会经营出一碗饭，一盏茶，一张床，一束光，一些爱。我知道我可以活得很好。在某座寂寞城市的一角。"

曾经的我，亦是一个人飘零于寂寞的城，那么卑微又骄傲地活着。我甚至羡慕攀附在这座古城墙院的青藤以及石阶上的苔藓，纵是刹那芳华，亦可根深蒂固，无须迁徙。不似我，途经迢遥山水，为一个虚幻不实的梦劳心费神。

也罢，多年耕耘，亦算是得偿所愿。我典当了青春，与草木相约，也有过几段无疾而终的情缘，终是匆匆而过，不留痕迹。那么艰辛的日子，长情相伴的，是小窗的月，帘外的雨，以及亭畔的柳。慢慢地，便有了一檐一舍，一茶一饭的生活，可以安静无忧地焚香抚琴，临窗看雪。

我自是不再年轻，在这座应当熟悉却始终陌生的城里，过着散淡不争的日子。来时无有亲朋，十载之后，依旧如故。所识得的不过是旧园的几树梅花，湖山后面的故事，以及隐藏在大佛脚下那一卷终究读不懂的经文。

我心如水，澄澈清净。一如往昔，徒步去庙宇听一场禅事，于深山吃一碗素面，在茶社喝一碗清茶，所有的错过缺憾，哀怨离愁，皆可消散。以往把飘零当作落魄，如今且作归宿。我所行经的地方，所遇见的风物，与众生相关，却又都是美好宁静的。以为此生与这座城缘定，内心却隐隐预知，有一日我会辞别此地，去往更隐蔽之处，和所喜之人，相伴不离。居小院茅舍，有旧书陈茶，几畦菜地，一院花墙，一束阳光，静静地相守便好。

歌者刘珂矣唱："倘若我心中的山水，你眼中都看到，我便一步一莲花祈祷。"说到底，看山看水，饮酒吃茶，也只是盼着

有那么一个相知之人，陪你风霜雨露，共赴人世烟火。来世或为
放生池中的莲，或在佛陀脚下听经，或仍是浮生中的一粒粉尘，
都不重要了。

　　从不曾期待在红尘深处，或某个城市，会邂逅一个温润如玉
的人，与之发生一段情事。唯愿缘分切莫自作主张，给平静的日
子增添无端的愁烦。而我便可随心做那缕自由的风，行经唐宋盛
世，明清华年，不留踪影，无有相欠。

　　我多次去西湖观山玩水，最难忘的还是西泠印社那一树梅。
无论它是枯树虬枝，还是繁花胜雪，皆从容静婉，不急不缓。你
来与不来，去与不去，它都如此，不等候谁，亦不挽留谁。千百
年前，苏小小乘着油壁车，往来于山水间，可有一树梅，为其年
年绽放，不离不舍？

　　就算有，那树梅终是抵不过那位骑着青骢马的男子，她为他
魂断西泠，无有怨悔。她一生痴恋山水，多才多艺，若非为情所
缚，又何曾不是一缕自由的风，行走在湖山之间，毫无牵绊？她
葬身于山水，不为来往过客，只为那曾经一见倾心之人。

　　红颜千娇百媚，亦只是画堂前的一阵风，不及湖畔的柳，梁

间的燕。人生一世，但求无有所愧，不负于人，也不弃于物。你若情深义重，我自温柔相待，如影随形。年景凋敝，在我眼里，亦是好的。浩荡江山，看似繁华胜极，到底有隐患，我置身于其间，却无跌宕，无忧惧。

人在得意时，只觉天地旷远无穷，失意时，又觉河山曲折逼仄。胜者固然可喜，败者亦无悲歌，千百年后不过成了街坊巷陌酒后茶闲的笑谈，落于江湖，一丝涟漪也不会有。如此想来，有何可悲，有何不舍？给心灵找一处栖息之所，纵是处落叶空山，也觉安稳踏实。

有时想着，日子当平实凡庸，微薄的银钱，只需把米缸的米买好，素菜清茶，人闲物静。万般富贵荣华，也只是云烟一朵，唯自身清好，方是圆满。柴米油盐是一生，诗酒琴茶亦是一生。我愿这样富足又拮据地过下去，像诗又不是诗，看似烟火迷离，又清澈无尘。

我心恬淡素雅，又渴望人间情味，被幸福填满。如若可以，此一生简净，无有厚重之感，过着寻常日子，不生怨念，也不生悲哀，不凌乱，也不困顿。虽说飘逸如风，行经人间陌上，看日暖花开，内心则期待有一处清凉小院，和所爱之人朝夕相见。

　　然后，说好了，一生一世安静地走下去，不相离，不相负。每一日都是良辰佳节，一刻千金，无须痴心爱意，相看便已惊心动魄。过最朴素的日子，把人世喧闹转成一种静意，直到地老天荒。

　　漫长看不到尽头的一生，也许就那样轻而易举地走过，像梦幻一样，恍惚又真实。而我们苦苦经营的那盏茶，是暖是凉，是浓是淡，已然不重要。如有一天重回落魄，也无怨尤，也不怪人。我知道我可以活得很好，像风一样，自由又安然地在寂寞城市的一角。

　　春光已过半，如何与春同住？曾经有那么一个心愿，有属于自己的宅院，养一庭园的花，藏半世的茶，看满窗烟雨如画。如今总算有了安身立命之所，不必寄人篱下，但内心深处始终有飘零之感。其实，从背着行囊离开故乡那条长巷时，我就知道，此生无论去往何方，行至何处，我都将是浮萍飘絮，匆匆过客。

　　但我安于当下，并且常生欢喜，因为梅庄是我今生红尘中唯一的修行道场。这里可以收藏灵魂，预支光阴，这里的一花一茶，一物一景，皆为我所爱。我要的其实很简单，我不求人生长聚不散，亦不求花开不谢，只想在每个晨起日落时，煮一壶平静的茶，等一个来或不来的故人。

总有人询问我在哪里，人生如寄，谁又知道，此生归宿到底在哪儿。山高水长，过朝云暮雨，看似在行走，却早已学会随遇而安。当年我行至此处，为黛瓦白墙下的一树梅花而决意放下行囊，不再流离。别人眼中的江南，是杏花烟雨，是石桥杨柳，而我仅仅为这一树梅花，或许这便是世人常说的缘分。

执念从此而生，至今仍未放下，是缘也是劫。我打凡尘而来，寻山问水，所候的是花枝春满，也是人去茶凉。十年的时间足以改变一切，那时的我淡妆天然，此时已是红颜老去。这十年我好似经历千灾百难，又仿佛只是做了一场轻浅的梦，沧海还是当年的沧海，我已不是昨日的桑田。

若说什么故事也没有，无悔无怨，不过是哄人的话。旧物还在，这般朴素情深，而人事更换，如何也回不去当年。多少悲伤落魄被岁月掩埋，再不可相见，亦无须再见。我从一无所有到今时所得种种，虽有天命，却不是必然。那些冷暖交织的时光，阴晴圆缺的日子，聚散悲喜的心情，都被写成了书卷，有缘人自会懂得。

　　母亲说，十年，你有的也只是这几本书。她的直白直抵我内心的苍凉，却又无谓。我本清淡，多少无理的情缘，困顿的际遇，走过便波澜不惊。母亲的牵愁与担忧，我并非不知，我亦想如她所愿，有个稳妥温暖的家，有患难相随的人，有不变的情，不老的心。我怪她到底不够通透，人世情缘有限，她期待的久长，大多是戏里的故事，我已是不能习惯俗尘中的烟火情爱。

　　我与母亲这一世的缘分，虽薄却深，说淡且浓，在一起有过的时日，短的只是几个春秋的距离。已记不得经历了多少次伤感的离别，流过多少悲情的眼泪，直到今天，依旧隔山隔水，唯梦里得见，却又不能总入梦来。

　　梦里，时而是她年轻的模样，素净白衣，无论是坐于厅堂，还是立于厨下，皆端庄静婉，秀美温柔；时而又是她羸弱暮年，一身病骨，于阳光下晾晒潮湿的心事，白发苍颜，形容憔悴。醒来后总是掩不住悲戚，又不敢频繁询问她的近况，害怕走得太近，会碰触她心底那深不可及的忧伤。

　　唐人宋之问有诗："近乡情更怯，不敢问来人。"当时宋之问的境况是逃亡路上，失意之时，与我自是不同。但这心情我有过千百回，无论是初时落魄江湖，还是今日功名有寄，那种怯懦之情，始终萦绕于心，从无更改。父亲说，他走过很多山，涉过很多水，看过许多地方的月，唯故乡的最净明。母亲的心如大观园的贾宝玉，愿花常开，人常聚，人常圆。

我则不然，十年风雨，磨平了我的棱角，让我学会平静地隐忍，以及温柔地妥协。十年光阴，我有书有茶，最幸运的，该是拥有这一朵出尘绝俗的茶花。她叫小茶，我告诉她，她原本只是一朵茶花，只因被折来插在佛前的净瓶里，时间久了，幻化为人。

她信以为真，那一双明净的眼眸，光洁的额头，以及那颗玲珑清澈的心，让我确认，她与我今生的相遇，是注定的。佛说，这世间没有意外，一切皆是因缘和合。那么茶的到来，不是意外，是我多年种善因所得的果报。我无须讶异，只坦然接受她带给我的所有惊喜，以及许多柔软的感动。

其实，我亦经常恍惚，茶到底来自哪里？为何与她总有似曾相识之感，只觉前世定然在哪儿见过，却又飘忽迷离。她从唐宋的诗风词雨中走来，从元曲或明清的戏剧里走来，又或是从民国的院墙下走来。总之，她是我认定的一株茶树，非世间的凡花俗草，她有佛缘，通性灵，知情味。

她的美好足以抵消我十余载的孤独与凄凉，覆盖尘世所有值得惊叹的风景，连同我那些放不下的执念，填不了的缺憾，以及忘不了的悔恨，都在她的一颦一笑里，一言一行中，渐渐止息。有时，只觉我多年的文字修行，竟不及她漫不经心的话语。她花影下一站，便已是姿态万千，静美无言，就连她气恼之时，亦不丝毫惊动人世。

以往我说外婆是那小庭深院的茉莉，修炼千年，方得人身。而茶却省略许多水流花开的过程，三生石畔亦无她的踪迹，她便是落入凡间的精灵，不染纤尘。她从不让我劳心伤神，也不让我烦急生忧，她的存在，同世间万物一般，合情合理，生生不息。

茶的简净自然，不加雕琢，让我解脱了一切繁复，以及过往落下的沧桑。她是雨后清风，是空山明月，是那壶冲泡千百年依旧青翠的茶。她算得上是清心良药，分明是人身，周身毫无仙气，却让我觉得安定。她真实地存在，不是幻境，无论是安静嬉戏，还是无由哭闹，都让你觉得，浩荡天地就只有这么一个小小的人儿，你无须忧惧，自可安心。

茶不过与我相处三载，宛若相识几生几世，我们之间的情缘，是昆曲里的那场游园惊梦，是春风过处一场美丽的花雨，是人间剧场刚刚上演的一出折子戏。但以后的日子，她都会在我身边，与我风雨相携，陪我荣辱与共，却也仅仅是走过人生的一程。我不愿用人间的情意与责任，用她的良善与慈悲，来束缚她的自由，惊扰她的选择。我知道，她这样一个清澈美好的女孩，世间灾劫，皆落不到她身。

几日前，我在微博这样写过．"春寒料峭，凉意不减，身体诸多不适。可不可以只喝茶听雨，不写字，你养我，顺便养我的花？等好了，我写诗还给你。"你们不曾冷落于我，甚至依顺我心，答应了为我温粥烹茶，陪我立黄昏，赏烟霞，许我一世清欢，花草相伴。这不是诺言，无须信守，在所有城市寂寞的一角，我们都安好，便足矣。

如果小茶是我今生最美的修行，你们亦当如是。窗外又下起了细雨，几丛绿意，满径落红，迷蒙的春景，梦里的江南，从来不曾修改过模样。焚香煮茶，方配得起这宁静的午后光阴，恍然明白，你们是我失散多年的故人，但与我只在文字里相遇相知。

倘若今生尘缘已被耗尽，那么来世我便做那个没有文情的女子，像母亲一样，走过平凡简约的一生。在厨下炊饭煮茶，于庭院修花理草。这样算不算对薄凉岁月的一种成全？你看，光阴铺满石阶，闲情挂在窗下，好年华刚刚行去不远。

白落梅

丁酉年　梅庄